書下ろし

活殺　御裏番闇裁き

喜多川 侑

祥伝社文庫

演目

序　幕　花火　9
第一幕　大見得《おおみえ》　19
第二幕　奈落　59
第三幕　すっぽん　104
第四幕　殺陣《たて》　156
第五幕　筋読み　202
第六幕　活殺《めりはり》　255

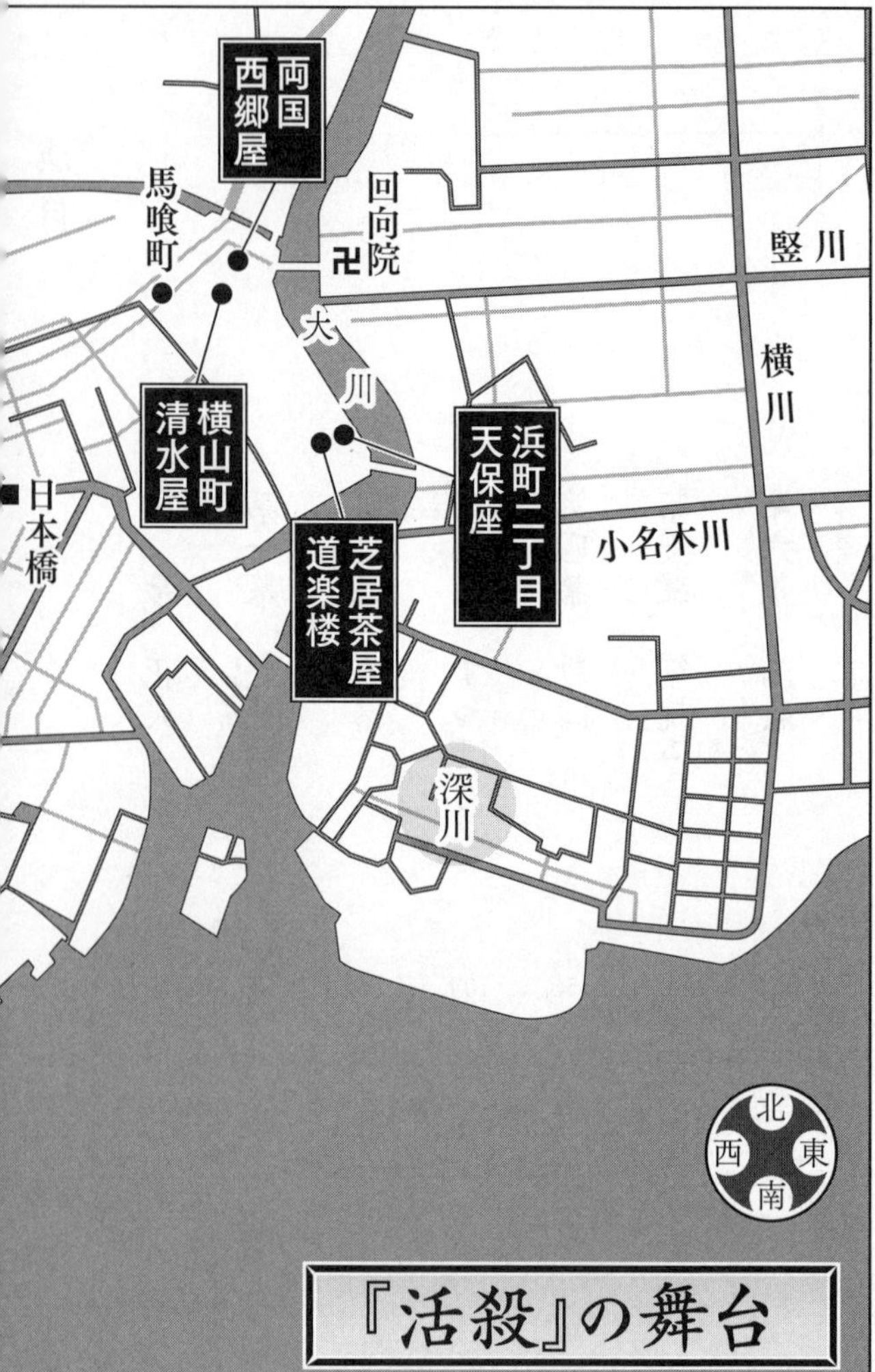

両国西郷屋
馬喰町
回向院
竪川
大川
横山町清水屋
浜町二丁目天保座
横川
日本橋
芝居茶屋道楽楼
小名木川
深川
北
西
東
南
『活殺』の舞台

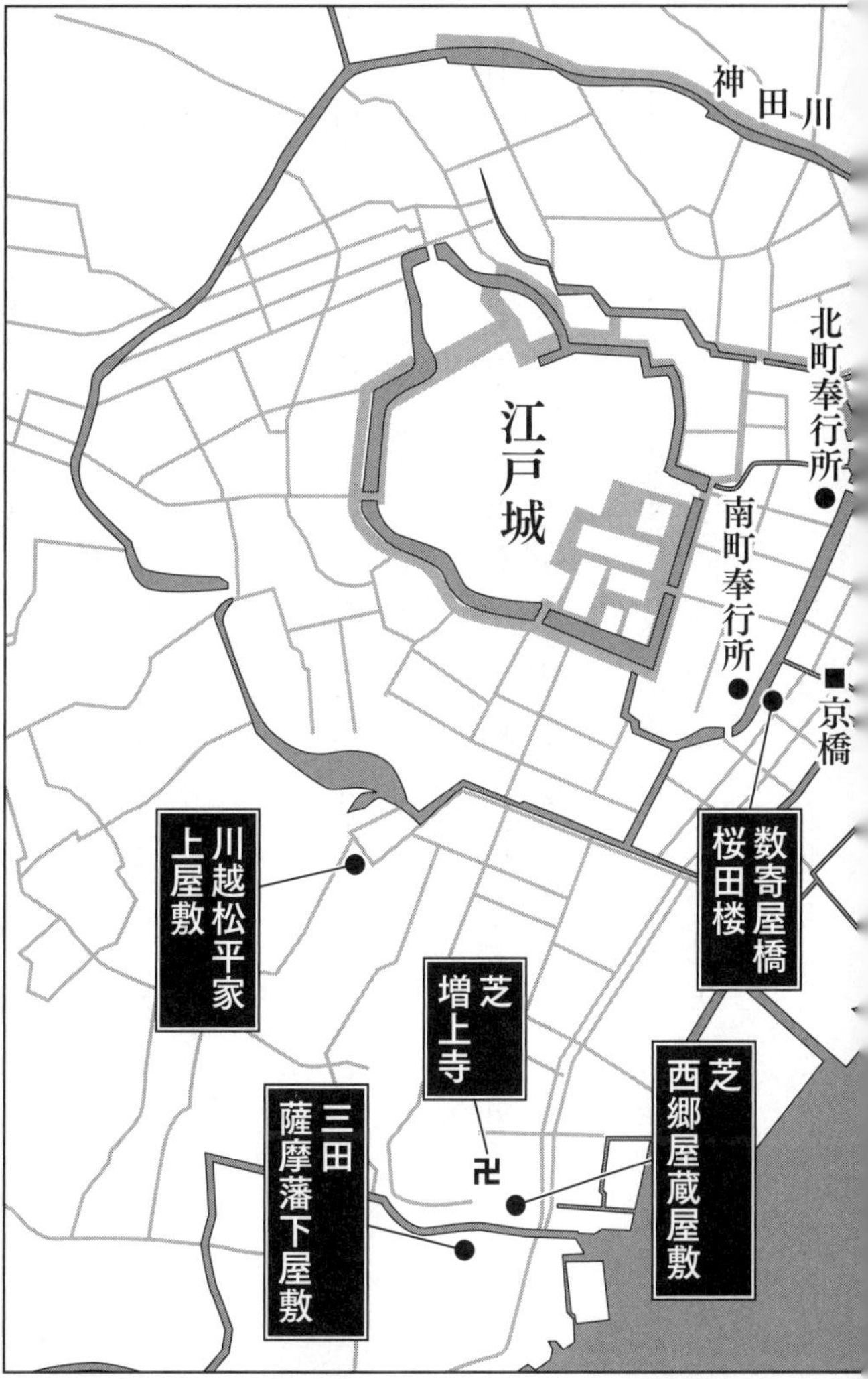
神田川
江戸城
北町奉行所
南町奉行所
京橋
数寄屋橋
桜田楼
川越松平家
上屋敷
芝
増上寺
芝
西郷屋蔵屋敷
三田
薩摩藩下屋敷

『活殺　御裏番闇裁き』主な登場人物

東山和清《ひがしやまかずきよ》……元南町奉行所隠密廻り同心。同心株を売却し『天保座』の座元兼座頭に収まるが、その裏の顔は大御所直轄『御裏番』の頭目である。半円殺法の使い手。

瀬川雪之丞《せがわゆきのじょう》……『天保座』の看板役者。七変化、女形、宙乗りと自在にこなせる。元は甲賀の忍びで空中殺法を得意とする。

羽衣家千楽《はごろもやせんらく》……『天保座』の老役者。元人気噺家《はなしか》。偽薬の辻売りに転落していたが、和清に拾われる。巧みな話術で、悪人を手玉に取る。

市山団五郎《いちやまだんごろう》……『天保座』の二番手役者。元両国の軽業師《かるわざ》。雪之丞の相手役だが、変装の達人で、年増に人気がある。口説きの腕は天下一品。

半次郎《はんじろう》……『天保座』の大道具担当。元大工。仕掛け舞台を作るのを得意とする。

松吉《まつきち》……『天保座』の小道具担当。元花火師。火薬の扱いに長《た》ける。

お栄《えい》……『天保座』の隣で芝居茶屋『道楽楼』を営む。元女博徒。

お芽以《めい》……『天保座』の結髪。千楽の娘。櫛《くし》と簪《かんざし》による秘技をもつ。

なりえ……元御庭番。徳川家斉の隠し子。『天保座』の大道具見習から黒子へ役替え。が本来の役目は市中の噂収集と仕置き相手の素性探索。

筒井政憲《つついまさのり》……南町奉行。世情に通じ、人々に敬愛される名奉行。大御所家斉の懐刀として、『御裏番』創設に尽力。

徳川家斉《とくがわいえなり》……大御所。十一代将軍。大御所として幕府転覆を企てる者たちに目を光らせ、本丸の御庭番に対抗するため南町奉行筒井政憲に、密かに「御裏番」を創設させた。

地図作成／三潮社

序幕　花火

見た目には天下泰平《たいへい》である。

水野忠邦《みずのただくに》は、涼風を受けながら盃《さかずき》を呷《あお》った。

柳橋《やなぎばし》の料亭『万八楼《まんぱちろう》』の二階座敷から望める大川は、夕陽を受けて煌《きら》めいており、幾艘《いくそう》もの屋形船が行き交っていた。

酔客《すいきゃく》たちは楽しそうだ。船の舳先《へさき》で踊る者もいれば、ただただ呆《ほう》けたように空を見上げている者もいる。もうじき花火だ。

天保《てんぽう》九年（一八三八）の夏である。

世間とは不思議なものだ。忠邦はそんなふうに思った。何事も飲みこんでしまうのだ。

昨年、大坂《おおさか》では大塩平八郎《おおしおへいはちろう》の乱があり、今年三月、大御所の暮らす千代田《ちよだ》の西の丸が全焼した。異国の船は頻繁《ひんぱん》に現れ、一揆《いっき》もあちこちで起こっている。

にもかかわらず江戸の町民たちは、何事もなかったように歌い、踊り、よく食べ、今日をやり過ごしてしまう。そして明日もまた同じような一日を迎えるのだ。

何かが変わるとしているのだが、見た目の日々は何も変わらない。それが世間というものだ。かくいう己も、こうして世間を眺め酒を飲み、泰平を享受《きょうじゅ》している。

だが……。と忠邦は片眉を吊《つ》り上げた。

この泰平をひっくり返さねばなるまい。

そうでなければ、わが名は後世に残らないのだ。

老中の地位に就き、すでに四年が過ぎた。

幕老協議を形成する他の四老中は、首座まで昇り詰めた忠邦にもはや異議を唱えたりはしない。それだけ将軍家慶《いえよし》公の信任を得たということで、執政者としての立場は揺るぎなきものになっている。

にもかかわらず政治《まつりごと》は思うようにはならない。

「西の丸さえ口を出さずにいてくれたらな」

我が身の春を満喫しながらも、ついつい愚痴《ぐち》は出る。

この地位までくれば、往年の田沼意次《たぬまおきつぐ》や松平定信《まつだいらさだのぶ》のように思う存分、政治が出来るはずだったのではないか。

川面《かわも》に風が吹き、屋形船が少しだけ揺れて見えた。さんざめく酔客たちの声は、風に攫《さら》われていくようだ。

我が思いもこのまま霧散《むさん》してしまうのか。

それはならぬ。

どれだけ危ない橋を渡ってここまで来たというのだ。

奏者番《そうじゃばん》だった二十三歳のとき、忠邦は家臣の反対を押し切り、唐津《からつ》二十五万石の藩主でありながら浜松《はままつ》十五万石への転封《てんぽう》を願い出た。

唐津藩主では、長崎《ながさき》警固という特殊な御役を担《にな》っていたため、幕閣においては奏者番以上の出世が望めなかったからだ。

ときあたかも異国船が蝦夷《えぞ》や長崎へ繰り返し出没していた頃ではあったが、忠邦の抱いていた出世欲は、二十五万石の藩主であることや奏者番に留《とど》まることではなかった。

家臣は伏して止めてきたが、この転封の願いが功を奏した。

ときの老中たちが忠邦を私心なき忠臣と認め、寺社奉行へと引き上げたのだ。

そこからは、同姓同族の老中、水野忠成《ただあきら》に、方々《ほうぼう》から集めた金で賄賂《わいろ》を贈り、こびへつらい出世の階段を駆け上がってきたのだ。

もし老中まで上がらなければ、家産は傾いていただろう。

そうまでして老中首座まで昇りつめたというのに、いまだ政治の実権は大御所家斉《いえなり》が握ったままなのだ。

倹約を嫌い奢侈《しゃし》をよしとする家斉の元では、世の中に金を回しつづけるしかない。忠邦は心ならずも昨年、貨幣改鋳《かいちゅう》を行った。実質三分の一しか価値のない天保一分銀《いちぶぎん》を発行したのだ。

これでひと息ついたと思ったところで、この三月、家斉が暮らす西の丸が失火で全焼してしまった。再建にはざっと百万両が吹っ飛ぶ。

五万石以上の大名へ上納金を求めるしかあるまい。

そんな折も折、数日前にまた大御所の使いが来て、川越《かわごえ》松平家に十万両を用立てるようにと伝えてきた。

家斉の二十五男、斉省《なりさだ》が養子に入っている家だ。

将軍家から嫁や養子を迎えた場合、その家は加増されるか、拝領金を得るのが常であるが、川越松平家にはまだその金が渡されていなかった。

十三年前、養子に送ったときの老中が、出し渋ったからだ。そのつけが忠邦に回ってきたというわけだ。

勘弁してほしいが、出すしかないか。

「金がない」

また愚痴が口からこぼれ落ちた。

「ご老中」

今宵《こよい》の伴をさせていた黒部重吾《くろべじゅうご》が膝《ひざ》を進めてきた。文字通り腰巾着《こしぎんちゃく》としてついてきている。こやつは、勘定奉行格に取り立ててやったばかりだが、なかなかの能吏《のうり》である。二千石旗本だ。

今宵はこの重吾だけを連れてきた。家中の者は一階で待機させてある。

その重吾が紫の風呂敷に包んだ菓子折りを差し出してきた。京橋《きょうばし》の風月堂《ふうげつどう》の刺繍《ししゅう》のある風呂敷だ。

「おお、重吾、気が利《き》くのう」

風月堂は忠邦の母、恂《じゅん》の実家である。母は唐津水野家の上屋敷に奉公し、後に側室になり忠邦を産んだ。宿下がりで実家に戻り、婿《むこ》をとった。

つまり風月堂は菓子商であるが、忠邦のもうひとつの実家ということになり、風月堂二代目喜右衛門《きえもん》は義父である。

奸臣《かんしん》たちがこぞって風月堂の菓子折りを持参してくるのはそのせいだ。もちろん風月堂の菓子折りは二段構えとなっており、下の箱には、ざっくり小判が詰まっているはずである。ここまでくるのに遣った賄賂はきちんと回収したい。

忠邦も本心では家斉の贅沢《ぜいたく》を奨励する政治を嫌っているわけではない。市中に金をばらまき、ある程度の贅沢を奨励するのは、国家に活力を生み、民に笑顔をもたらす。

だが一方で、忠邦みずからが後世に名を残すには、家斉の否定から始めねばならない。

松平定信は田沼意次の重商主義を否定し、寛政《かんせい》の改革を行ったことで名を残している。ならばこの忠邦も天保の改革を成し遂げたいと考える。

その柱は奢侈禁止令である。

政治は振り子のように真逆に変化しながら進化していく。その転換点を示した者が、後世に名を残す。

たとえその名が悪名となっても無名よりもまし、と忠邦は考える。

改革の方便などどうでもよい。

牽強付会《けんきょうふかい》。政治も裁きも、常に為政者《いせいしゃ》の都合である。

「川越の件、それがしに考えがございます。幕庫から出金せずに十万両を用立て、なおかつ大御所様に恥をかかせることが出来ます」

重吾が忠邦の耳もとで、囁《ささや》き始めた。口の横に扇子《せんす》を立て、芸者衆には聞こえぬように喋《しゃべ》った。

「口が臭い」

忠邦が渋い顔をすると、重吾はさっと顔を離し、芸者たちが笑った。

「だが、その案はよい。うまく川越の家老を取り込むことじゃな。ただしわしは与《あずか》り知らんことだ」

忠邦にとってはまさに金策と大御所を陥穽《かんせい》にはめるに足る案であった。思わず笑みが漏れそうになるのを耐えねばならなかった。

「お任せください」

重吾が膝をついたまま後退した。

「して、その案が成就《じょうじゅ》した場合、そのほうは何が欲しい」

じっと重吾の目を覗《のぞ》き込んでやった。忠邦は、たとえ取り巻きであっても、きれいごとを言う者を信用しない。

はっきりと野心を表明するもののほうが扱いやすい。

「格をとっていただければ、恐悦《きょうえつ》に存じます」

勘定奉行格の格をとるということは、町と寺と並ぶ三奉行の一角となることを指す。老中支配の中でも町と並ぶ最上級の位になる。

「家禄《かろく》が足りん」

三奉行は三千石級旗本の御役である。

「見合った石高《こくだか》にしていただければっ」

「図々《ずうずう》しい」

忠邦は一笑に付した。

ただこの一笑、請《う》け負《お》ったことをさす。重吾も承知したとみえ、目を爛々《らんらん》とさせた。

陽がすっかり傾き、大川に橙色《だいだいいろ》の光が強く反射していた。川が燃えているようだった。

忠邦は川面を凝視《ぎょうし》した。己の目もこのようにめらめらと燃えているのではないか。

——余計な口出しをする大御所とその側近をひっくり返してやりたい。

九代家重《いえしげ》公以来、治世は幕老協議に任せ、その決定を将軍は追認するだけであったはずだ。十代家治《いえはる》公もそうであったし、家斉公も当初はそうであったのだ。松平定信の改革に我慢ならなくなったのだ。

『倹約はもう飽きた』

家斉はこの一声を発して以来、定信を閣外へ押しやり、以後は表向きのことにはっきり口出しするようになった。

贅沢を奨励し、風紀は紊乱《びんらん》を極めるようになった。

ようやく昨年、在位五十年を機に家慶公へ譲位したが、それでも一向に権力を手放す気はなく、いかに当代家慶公が改革案をあげようが、西の丸から否定の横紙破りが入るのだ。

今年で己も四十五になる。

薨去《こうきょ》まで待つ気は失《う》せた。それより腹いせに、大御所を陥れるのも悪くない。

「重吾、急げ」

「ははあ」

灘《なだ》の酒と三味《しゃみ》の音に酔い、暮れなずむ大川を眺めていると、花火が打ち上がった。夜空に咲く大輪の花は、おのが夢を咲かせているようであった。

だがこの川越への仕掛けがとんでもない方向へと進展するとは、このとき忠邦は思ってもいなかった。

第一幕　大見得《おおみえ》

一

「半次郎《はんじろう》さん、ずいぶん立派な小屋になりましたね」

東山和清《ひがしやまかずきよ》は、だだ広い砂地に新築なった『天保座《てんぽうざ》』を見上げ破顔した。

それもそのはずで堺町《さかいちょう》の『中村座《なかむらざ》』や葺屋町《ふきやちょう》の『市村座《いちむらざ》』といった本櫓《ほんやぐら》に匹敵《ひってき》する威風堂々とした芝居小屋が建ったのだ。

二階に桟敷《さじき》席まである本格的な小屋だ。

この春、町奉行から天保座を控櫓《ひかえやぐら》とする認可が下りた。控櫓とは本櫓が休座した際に、代興行が打てる芝居小屋である。

これまで天保座は葺屋町で宮地《みやち》芝居の小屋としてのみ認可されていた。空き地で短期興行だけを行うという建前を、何年も続けていたのだ。

もっともそれは仮の姿で、天保座の座員はすべて西の丸大御所直轄の御裏番《おうらばん》であった。

先の将軍家斉が、次男家慶に将軍の座を譲り西の丸に退《しりぞ》く際、本丸の御庭番に代わる手兵として組織したのが、この御裏番である。

これまで御裏番として江戸城乗っ取りを目指す色坊主集団や吉原《よしわら》の利権を一手にしようと目論《もくろ》む尾張《おわり》の一党を世間に知れぬように、闇のうちに葬ってきた。

その働きの褒美《ほうび》として、天保座は控櫓へと昇格させてもらったのだ。

和清としては、控櫓のさらに後ろに控える控《ひかえ》々《ひかえ》櫓《やぐら》にでもなれれば御《おん》の字だと思っていたので、これは望外の喜びであった。

控えさせてもらうのは本櫓市村座。

先に控えとなっている『玉川座《たまがわ》』と並び、市村座休座の際には、代興行を打つ認可を得たわけだ。

ただし天保座の控櫓昇格にはふたつの条件が付いた。

ひとつは、本櫓の市村座と先に控櫓になっている玉川座がある葺屋町から離れることである。代地として浜町《はまちょう》二丁目のだだ広い土地が用意された。

競合を避けるために芝居町からは出ろということだ。

代地は殺風景な場所ではあったが、その代わり大きな芝居小屋にすることを許すという。背後は大川だ。

和清は喜んで受けた。

すでに活況を呈《てい》している芝居町から出て、まったく何もない地に旗揚げをするほうが性《しょう》にあっている。それに裏仕置きも兼ねる芝居小屋となれば、喧騒《けんそう》から少し離れた位置であるほうが都合がよい。

もうひとつの条件は、座名についてだった。

大御所からの命《めい》をうけた南町奉行筒井伊賀守政憲《つついいがのかみまさのり》はこう伝えてきた。

「元号が変わるたびに、同じ座名にせよ」と。

つまりいまは天保九年なので天保座でよいが、もしも弘化《こうか》となれば弘化座、慶《けい》応《おう》となれば慶応座とせよということだ。

それでは座名が定着しにくいのだが、一方で芝居は世相を映すものだ。座名自体が時を映すのも面白《おもしろ》い。それはこの芝居小屋が先の世に脈々と繋《つな》がっていくことを示す。

たとえば百五十年先の世、この天保座が名をかえて存在し、その時代の座員も裏の仕置きを担っているとすれば、どれだけ誇らしいことであろう。

浜町の空は青く広がっていた。河原のほうから吹き寄せてくる風が、櫓に張り巡らせた定紋幕《じようもんまく》を波打たせていた。

紺地に丸に天の定紋幕だ。

浜町は、まだ野原だが、それゆえにこの大きな芝居小屋は目立つ。存在自体が大見得《おおみえ》を切っているようなものだ。

「座元、柿落《こけらおと》しには何を掛けるんですかい」

この小屋を建てた大道具の半次郎が、白髪混じりの鬢《びん》を撫《な》でた。

「本櫓と被《かぶ》るわけにはいかねぇから、俺が戯作《げさく》を一本書いた。春の吉原の一件を題にした遊廓《ゆうかく》物よ。外題《げだい》は『吉原総崩れ』。半次郎さん、舞台壊しをよろしくたのまぁ」

春の吉原の一件とは、乗っ取られそうになった妓楼《ぎろう》を助けるために、一座が吉原に乗り込んで解決したことを指す。活劇にするにはよい題材だった。

「がってんでさぁ。悪党を叩き潰《つぶ》すのに、妓楼ごと壊すってぇのは、客にとっても爽快でしょう。柱一本抜いただけで、がらがらどっひゃんと二階家が崩れるように造りますよ」

半次郎が腕を叩いて見せた。

天保座は、御裏番が表の顔として働く芝居一座である。

客を泣かせる世話物などが似合うはずもなく、得意の荒事《あらごと》で大向こうを唸《うな》らせるしかあるまい。

「数寄屋橋《すきやばし》からのお迎えが来るまでは芝居に専念できる。本櫓がやるようなまるで舞踊のような剣劇ではなく、宙返りや、宙乗りを駆使した派手な立ち合いや大道具が倒壊するような演出で、客のど肝《ぎも》を抜いてやろうじゃないか。なあ、半次郎さん」

「わくわくしてきますな」

「あすから、舞台にあがって稽古《けいこ》だ」

そのとき、天保座のために通された一本道を、砂埃《すなぼこり》をあげてやってくる宝泉寺《ほうせんじ》駕籠《かご》があった。

「あいや、数寄屋橋の大将が、みずから来たようで。これは裏の御用ですかね」

半次郎が額《ひたい》をぱちんと叩いた。

「いや、そうじゃない。御奉行は小屋の仕掛けを調べに来たのさ」

和清は近づいてくる駕籠を見やった。

本来ならば三十名ほどの家臣を引き連れて動く南町奉行であったが、いまは駕籠だけが、やってきた。

「めでたく落成したようじゃのう」

駕籠からゆるりと出てきた筒井伊賀守政憲は、町人に化けていた。鼠色《ねずみいろ》の小《こ》袖《そで》に無紋の黒羽織《くろばおり》、それに茶人帽《ちゃじんぼう》を被っている。どうみても大店《おおだな》の御隠居だ。

「おかげさまで、あっしらの城が出来ました。ご案内いたしまする」

和清はかつての上司に、深々と頭を下げた。

二

実は天保座、芝居小屋としてだけではなく、御裏番の本拠地としてのさまざまな仕掛けも施されている。

転居の本当の理由はそこにあったと言ってもよい。

「葺屋町時代の小屋はせいぜい百人しか客入れ出来ませんでしたが、こちらは升《ます》席、桟敷、それに立ち見を入れると三百人は優にもてなすことが出来ます」

まずは客席を見せた。

「それだけ入るとよいがのう。いままで通りの百人ぽっちの客では隙間《すきま》が空きすぎて、風邪《かぜ》をひいてしまうぞ」

筒井は憎まれ口を叩いてきた。

「入れて見せますよ。いまに芝居町のほうが閑古鳥《かんこどり》が啼《な》くようになりましょう」

真正面に間口が五間《けん》（約九メートル）の大舞台が据《す》えられている。

いまは富士山《ふじさん》を大きく描いた書き割りを背に、茶屋が一軒備えられていた。床には本物の土と草花を並べて、いかにも街道のように見せている。

この茶屋で一座の長老格でもある元噺家《はなしか》の千楽《せんらく》が前口上《まえこうじょう》を述べてから、本筋に入るという寸法だ。

和清は、正面の大舞台へと進んだ。舞台の下にある格子窓《こうしまど》に向かって叫ぶ。

「それでは半次郎さん、松吉《まつきち》さん、盆を回してください」

「へいっ」

奈落《ならく》の底から半次郎の声が返って来たかと思うと、目の前で舞台がぐるりと回りだした。左回りだ。

「おぉ。廻り舞台じゃな」

筒井も目を瞠《みは》っている。

左回りに回った舞台の裏から現れたのは、忍びの黒装束《しようぞく》に身を包んだ天保座の五人衆。

上手《かみて》から、
看板役者　瀬川雪之丞《せがわゆきのじよう》（元は甲賀《こうが》の忍び）。

二番役者　市山団五郎《いちやまだんごろう》（元両国《りようごく》の軽業《かるわざ》師）。

狂言回し　羽衣家《はごろもや》千楽（元噺家）。

結髪《けつぱつ》　お芽以《めい》（千楽の娘。櫛《くし》と簪《かんざし》を武器にする髪結い）。

黒子《くろこ》　なりえ（元御庭番。大道具見習から黒子へ役替え）。

の面々が立っていた。

御裏番としての諜者《ちようじや》の役を担っている。ほかに戦闘集団として踊り衆が二十人いる。

「この者たちが、西の丸の目となり耳となります」

「それだけではなかろう」

筒井が居並ぶ五人に微笑《ほほえ》みかける。

「闇裁きもいたします。大仕掛けが必要な場合は、ご存じの通り、奈落の下にいる大道具と小道具の親方ふたりが様々な罠《わな》をこしらえます」

「吉原での仕掛けには、大御所ですら腰を抜かしそうになったそうだ。あっぱれであったと褒《ほ》めていた」

おかげで控櫓に格上げしてもらえたのだ。

「これからは、出来るだけ悪党はこの天保座に芝居見物に来ていただこうと思います」

「悪党を好んで呼ぶとは、妙な芝居小屋となったものじゃのう」

筒井は高笑いをした。

「御奉行もせっかくですから、廻《まわ》ってみませぬか」

「よい趣向じゃ」

筒井が踏み台を使い舞台に昇った。和清も続いた。舞台が回る。

舞台の真裏に廻れば、そこはそのまま牢獄《ろうごく》であった。

三方が太い木で格子状に覆《おお》われている。

中央に極太の柱があり、磔《はりつけ》用の縄が巻かれていた。その前には仕置き用の石も積んである。膝に乗せたら骨も折れそうな重い石だ。

「おいっ。東山、出してくれるんだろうなっ」

さすがの奉行も目を剝《む》いた。

「御奉行をここで折檻《せっかん》してどうするのですか。あっしらと西の丸を繋ぐ方がいなくなっちまう」

和清は、笑って檻《おり》の外に出た。

ちょうど、そこに半次郎と松吉が奈落から上がってきた。

「御奉行、花道の下を見ますか」

和清は聞いた。

「すっぽんか」

「はい。ふたつあり、ひとつは落とし穴になっています」

「見なくても、だいたい分かる」

「天井裏のほうは」

和清は天井を指さした。

「どうせ糸を垂らすのだろう。想像がつくわい」

筒井はそこまで見るのは面倒くさいという顔をした。年寄りだから仕方がない。

「それでは小道具部屋へとご案内いたします」

和清は牢獄の扉を開け、楽屋口のほうへと筒井を先導する。

楽屋の真横にある納戸《なんど》の板戸を開けた。

壁に面した棚に衣装やさまざまな形の鬘《かつら》がずらりと並ぶ。竹で作った刀や匕首《あいくち》もある。

「衣装はともかく、鬘の種類がこれほどあるとは驚きだ」

「表向きはそれで充分ですが、裏仕事用にはこちらを」

和清は、鬘の並ぶ棚を両手で強く押した。壁がぐるりと回る。壁の向こう側の隠し納戸が現れる。

そこには大砲二基、鉄砲二十丁、火薬、槍、弓、太刀《たち》、薙刀《なぎなた》などがびっしり揃《そろ》えられていた。

「役者に一揆でも起こされたら、たまらんのう」

「いえ、あっしらは取り締まる側でして」

和清は笑った。そもそもこれらの武器を調達してくれたのは筒井であった。

「表では出来ぬ取り締まりをな」

筒井も笑う。

「では、客席にもどりましょう。二階の桟敷席はぜひご覧いただきたいです。座格が上がった証《あか》しでございますので。茶菓子の用意もしてあります」

客席に戻り、舞台上手側の二階桟敷へと上がった。十間《けん》（約十八メートル）はある長い桟敷のちょうど真ん中あたりに筒井は腰を下ろす。

総畳に座布団が並んでいる。

並んで和清も座った。

目の前は縁台になっており、弁当を広げられるようになっている。

「ここからだと、舞台も花道もよく見渡せるのう」

花道はやや下手《しもて》側寄りに走らせているので、上手側二階桟敷からのほうが見通しがいい。

「はい、ここからだと升席の様子もすべて鳥瞰図《ちょうかんず》のごとく眺めることが出来ます」

女の身体《からだ》を触ったり、掏摸《すり》を働こうとしている客を見つけ出すのも容易である。上下《かみしも》の桟敷には常に見張りを座らせておくことにする。

「虎屋《とらや》の羊羹《ようかん》でございます。煎茶《せんちゃ》とどうぞ」

天保座の隣で芝居茶屋『道楽楼《どうらくろう》』を営むお栄《えい》が、茶菓子を運んできた。お栄の店も葺屋町時代は『空蝉《うつせみ》』という小さな料理屋であった。

「気が利《き》くのぉ」

天保座の格上げと共にお栄の店も立派な芝居茶屋に生まれ変わったのだ。出す菓子も一段上がった。

「これはこれは、京くだりの虎屋さんの羊羹とは珍しい」

筒井は勇んで楊枝《ようじ》で羊羹をとった。

和清も一口いただいた。練り餡《あん》の濃厚な味が口に広がった。甘すぎずさりとて淡白《たんぱく》ではなく、なんとも雅《みやび》な味であった。

横を見ると筒井が懐紙《かいし》で口を拭《ぬぐ》い、煎茶を一服しているところだった。いまだ。

和清は、桟敷席の隅に控えていたなりえに目配せした。なりえが頷《うなず》き、縁台の下から垂れている数本の紐に手を伸ばす。

顔をこちらに向けている。座布団の順番を目で数えているようだ。

間違えるんじゃねぇぞ。

和清が胸底でそう呟《つぶや》いた瞬間、底が抜けた。

「おぅっと」

和清は二階桟敷から転落し、宙を泳いだ。猫のように身体を丸める。升席のひとつにすとんと落ちた。

ここが発条《ばね》仕掛けの踏板になっていた。踏んで和清は花道へと飛ぶ。

刹那《せつな》、花道のすっぽんが開き、雪之丞が飛び上がってくる。風呂敷包みを持っている。そのまま和清が踏んだ升席の板に一度着地し、反動を使い二階桟敷席へと飛ぶ。

「土産《みやげ》でございます」

雪之丞は筒井の横に包みを差し出した。

菓子折りである。東海道関宿《せきじゅく》の名店『深川屋《ふかわや》』の饅頭《まんじゅう》。忍びの里に近いこともあり、雪之丞のかつての仲間が持参してくれた品の使いまわしだった。だがこの『関の戸』は京の公家衆にも愛される銘菓である。

「御奉行、小判は入っておりませんので、悪《あ》しからず」

和清は花道の上から叫んだ。

筒井は、目を剝き茶を溢《こぼ》していた。

なりえが一本、紐を取り違えたらば、奉行を落としていたところである。

「柿落しを見に来るのはやめるよ。もう充分だ。せいぜい気張ってくれ」

筒井は包みをぶら下げたまま、帰って行った。

柿落しは七日後に迫っていた。

さあて明日から『吉原総崩れ』の稽古《けいこ》だ。

三

翌日の昼下がり。

なりえは横山町《よこやまちょう》へと向かって歩いていた。古着屋に衣装の特注品を頼んでいた。芝居町の人形町《にんぎょうちょう》通りと違って、まだこの道は閑散《かんさん》としている。

浜町堀を挟んで向こうとこっちだが、風景はまるで違った。

天保座へ通じる新たな道で、目立つのは、まだ隣の芝居茶屋『道楽楼』ぐらいのものだ。

それでも座元の和清が懸命に日本橋界隈《にほんばしかいわい》の料理屋や土産物屋に声をかけて、ようやく甘味処《かんみどころ》や四文屋《しもんや》がぽつぽつと出店を決めてくれたが、いずれもまだ屋台だ。

それでも天保座の柿落しの日には、たとえその日限りでも、ずらりと屋台を並べてくれるそうだ。

主に汁粉《しるこ》屋や立ち飲み屋が交互に並ぶことから、座主はここを『甘辛《あまから》横丁』と名付けることにしたという。

人形町通りに比べ、まだ横丁だ。なんだか格落ちした気分だ。

なりえはそんなことを思いながら、先を進んだ。

すると道端にいきなり二階家が建とうとしていた。すでに柱は組み上がっており、十人ほどの大工が働いている。

通り過ぎながら、建て込みの様子を眺めると、これから取り付けられるであろう看板が立てかけてあった。

『西郷屋《さいごう》』とあった。両国の有名店だ。

「あらこんなところに、唐物屋《からもの》さんが店を出すの」

なりえは聞くともなしに声をあげた。

「おう、なんでも新しく出来る芝居小屋に来る客を当てこんでのことらしいや」

黒の腹掛けをした若い大工が教えてくれた。

「それなら、人形町にでも出店したらいいものを」

なりえは浜町堀の向こう側を指さした。

「あっちはもう繁盛している店ばかりで、入り込む余地がねぇんだそうだ。いずれこっちの通りも栄えるだろうってことらしい。新しい天保座はずいぶんとでっけえ小屋になったから、遠眼鏡《とおめがね》とかを売るんだとよ。目端《めはし》の利く商人は違うねえ。先々のことまで考えている。とはいえ、天保座の人気次第さね。芝居がこけたら、通りごとずっこけちまう」

大工は高笑いをして材木の上に腰を下ろし、塩結びを頰張《ほおば》り始めた。

「こけるもんですか」

なりえは捨て台詞《ぜりふ》を吐き先を急いだ。

湊橋《みなとばし》を渡ると霊岸島《れいがんじま》新堀に幾艘もの荷船が並んでいた。どの船にも丸に十字の家紋の布が掛かっている。

薩摩《さつま》の御用船がなぜこんなところにいるのだろう。

松平薩摩守七十七万石の上屋敷は三田《みた》である。

もともと外様《とざま》だったとはいえ、あれだけの雄藩《ゆうはん》にしては、ずいぶんと海沿いに上屋敷を置いているものだと、なりえはかねがね不思議に思っていた。

唐物屋の西郷屋は、もとより薩摩の出だ。

何か関係があるのか。

そうこうしているうちに横山町に辿《たど》りついた。

馴染《なじ》みの『清水屋《しみずや》』に花魁《おいらん》用の打ち掛けはないかと注文してあったのだが、果たして良い品が入荷していた。

「ちょうど吉原で、女郎に袖にされた下総《しもうさ》の豪農がいましてね。女郎のために誂《あつら》えた打ち掛けを、元値の一割で流してきました」

主人の寿明《としあき》が、笑顔で縁台に金襴緞子《きんらんどんす》の打ち掛けを広げてくれた。裏地は赤だ。

「まぁ、注文通りの下世話な派手さだわ」

「でしょう」

なりえは手を叩いて喜んだ。

聞けば、その下総の百姓、吉原で先ごろ部屋持ちになったばかりの若い女郎に、身請《みう》け話を持ちかけ、見栄《みえ》が張れるようにと豪華な打ち掛けを持参して口説《くど》いたのだが、『この野暮天《やぼてん》がっ』と打ち掛けを突っ返され、身請けの話もきっぱり断られたそうだ。

寿明が笑いながらそう教えてくれた。横山町界隈では粋人として通っている男前だ。その寿明が続ける。

「無理もないんですよ。その女郎、もともと百姓の出で、せっかく吉原に入っていい暮らしが出来るようになったのに、なんで百姓の妾《めかけ》にならなきゃならないんだってね。それに序列がはっきりしている吉原で、こんな御職《おしょく》が着るような打ち掛けなんか着られるわけないんです」

それもそうなのだ。無学のまま売られてきた女郎も、吉原では教養も身に付ける。しっかり稽古事を学んで、年季が明けたら芸者として一本立ちしたり、遣手《やりて》になっていずれ、切り見世《みせ》の一軒を持つというのも手だ。

要は吉原の女は吉原で身を立てるのが、もっともよい人生ということになる。下手《へた》に外に出て、黒板塀に囲まれた暮らしをしても退屈なだけだろう。

「その豪農さん、どうしてんのさ。やけのやんぱちになって女郎を刺しに行かないだろうね」

「あっしが、手ほどきをするってことで、お仲間になりました。廓《くるわ》で粋《いき》に遊ぶなら、普段から粋じゃなきゃならないんで近頃は一緒に寄席《よせ》に出向いたり、清元《きよもと》のひとつも唸らせたりしています。まぁ着物なんかもあっしが見立てて、かなり町の者らしくなりました」

「そりゃ清水屋の旦那について、着るものから直してもらったら、さぞかしばりっとすることでしょうね」

なりえは注文品の打ち掛けの内側を確かめながら、清水屋をおだてた。いくらかでもまけてもらいたい。

打ち掛けが手に入ったら、生地《きじ》の中には網縄を挟み入れ、袖口からは分銅《ふんどう》が取り出せるように仕立て直してくれるように頼んでいた。

清水屋は古着屋であるが、同時に仕立て直し屋でもある。

江戸の庶民が着物を新調するのは生涯に三着程度だ。同じ着物をなんども打ち直して着るのが普通だ。

擦れ切れたところには当て布を用いるのだが、この当て布の色や形に古着屋の腕の差が出る。清水屋の三代目、寿明にかかると古着もまったく新しい意匠にかわり新調した気分になれると評判なのだ。

「しかし天保座さんからの注文なのでやってみましたが、そもそも重い綿入りの打ち掛けに、縄や分銅を入れたら重すぎないですか。雪之丞さんは、これで飛べますかね」

寿明が首を捻《ひね》った。

「これ背中の布だけが、すぱっと割れる紐を付けていただいていますよね」

なりえは紐を探した。

「はい、襟《えり》に付けています」

寿明が襟の一部分を指さした。白い襟の隅に目立たないように付けてあった。

「ただし一度引きましたら、また手前どもで縫い合わせませんと、同じようには開きませんよ」

縫い合わせに秘技があるのだ。

「そこは座元も承知しています。清水屋さんの仕事ですから、本番でいきなり使わせてもらいますよ」

なりえは風呂敷を取り出し「お代は」と聞いた。

「ただ同然で仕入れた代物《しろもの》です。天保座さんの柿落としの祝いということで、今回に限り御代は結構です。どうぞお持ち帰りください」

寿明が煙管《キセル》に煙草《たばこ》を詰めながら言った。

「あら、それはありがたいです。でも仕入れはともかく、手間は相当かかったんじゃありませんか」

まるまるただでは悪い気がする。なりえは巾着《きんちゃく》をとりだした。

「では、幕が開きましたら、お席を都合してくれませんか。女房とふたりで見物したいです」

「それなら、私の裁量でどうにでもなります。木戸番に横山町の清水屋さんは桟敷席へご招待で、とお伝えしておきます」

釣り合いの取れた話である。

そこでなりえが引き上げようとしたとき、侍がふたりやってきた。

「清水屋に頼みがある。余興に使う衣装を頼みたい」

黒羽織の家紋は丸に十字。薩摩藩士ということだ。

「さて、どのようなご衣装でございましょうか」

寿明が背筋を伸ばして聞いている。なりえは会釈《えしゃく》だけして外に出た。

が、聞き耳は立てていた。

「国許《くにもと》で忠臣蔵《ちゅうしんぐら》の芝居をやる。赤穂《あこう》浪士の衣装が欲しい。四十七人分のな。出来るだけ本物らしくして欲しい。見本は高輪《たかなわ》の泉岳寺《せんがくじ》にあるはず。都合二十五両見当で頼みたい。前払い金として十両置いていく。どうだ」

侍のひとりが小判を差し出しているようだ。

「期限はどのぐらいで」

寿明が聞いている。

「葉月《はづき》（八月）の終わりには国に戻る。それまでにどうにかならんかな」

侍は横柄《おうへい》ではなかった。ひと月ほど先だ。

「承知しました。何とか間に合わせましょう。これからさっそく泉岳寺に参拝にいき、浪士の装束を見てまいりましょう。そっくり同じものをおつくりいたすようにしましょう。はい。ただいま預かり証を用意しますので、お待ちを」

寿明は受けたようだ。

武士も余興で芝居をやるほど泰平の世が続いているということだ。それにしても薩摩は大藩。金がある。

なりえは、足を人形町通りに向けた。久しぶりに芝居町の喧騒にも触れたかった。汁粉でも食べて帰ろう。

四

「われらが五万両ずつ用立ていたしましょう」

唐物屋『西郷屋』の主孝介《あるじこうすけ》が頭をさげた。小柄で鬢に白いものが混じっている。顔は皺《しわ》だらけだ。地味な紺絣《こんがすり》で大店の主《あるじ》には見えなかった。

本物の豪商とは得てしてそういうものである。還暦《かんれき》はとうに超えているだろう。

真横に座る廻船問屋『薩萬屋《さつまん》』の徳次郎《とくじろう》も同じく平伏する。こちらは恰幅《かっぷく》がよい。眼も顔も大きい。孝介よりやや若い。五十路《いそじ》を超えたぐらいか。

霊南坂《れいなんざか》、汐見坂《しおみざか》、江戸見坂《えどみざか》に囲まれた川越松平家の上屋敷。書院の間である。

家老の河原小兵衛《かわらこべえ》は面食らったが、内心安堵《あんど》した。

これで家政がひと息つける。

「ありがたく拝領するが、返済はかなり先になるぞ。川越はこの三年、不作続きで、年貢《ねんぐ》がほとんど上がっておらぬ。金策に奔走《ほんそう》しているのはそのためだ」

ここは念を押しておかねばならない一点だ。

松平家といえば徳川ゆかりの名家だが、裕福なわけではない。

だいたい今や松平と名乗る家は、そこら中に存在する。

三河《みかわ》支流の他に、徳川将軍家の分家、庶流もどんどん増え、あげく外様の有力大名にも松平を名乗ることを許してしまったので、伊達《だて》、島津《しまづ》、毛利《もうり》、黒田《くろだ》、蜂須賀《はちすか》まで松平を名乗るようになってしまった。

江戸切絵図を眺めると武家地は松平だらけだ。

たまに水野や酒井《さかい》を見かけるとほっとする。

また先の将軍、家斉公は五十三人もの子をもうけ、名家と呼ばれる家のほとんどに嫁や養子を出したために、将軍の親戚は何ら珍しい存在ではなくなってしまった。

当家も十三年前、将軍家の二十六男である斉省様を養子に迎えたが、いまだ拝領金もいただいていない。

先般たまりかねた当主の松平大和守《やまとのかみ》斉典《なりつね》が、大御所に借金を申し込んだところ、勘定奉行格の黒部重吾から、いまは幕庫が枯渇《こかつ》しているので、二年ほど待って欲しいと、やんわりと先延ばしにされてしまった。

待てるわけがない。

火の車なのだ。

押し問答をしているところへ、蔵前《くらまえ》の札差《ふださし》『宮城野《みやぎの》』が西郷屋を紹介してきた。

宮城野は三十年にわたって当家の石高を金に換えてくれている札差だ。

これまでは前借りにも充分対応してくれていたが、ここへきて、もはや宮城野だけでは支えきれないと言いだした。

前借は三万両（約三億円）に膨れ上がっている。

小兵衛としては宮城野の言い分を受けるしかなかった。

それで融通金を分担する意味で、唐物屋の西郷屋と廻船問屋の薩萬屋を斡旋《あっせん》してきたのだ。どちらも江戸では名の高い商家である。

「ご返済は、十年先で構いませぬ」

西郷屋孝介が頭を下げたまま言った。

「まことか」

「金のことで、商人は虚言は申しませぬ」

「かといって高利でも困る」

「利子はいただきませぬ」

信じられないようなことを西郷屋は言う。

「ただし……」

と隣に座る薩萬屋徳次郎が、おもむろに切り出してきた。

「やはり何か裏があるのじゃな」

小兵衛は警戒した。

「さすがに担保《たんぽ》が要《い》ります」

西郷屋が顔を上げた。

「屋敷でも寄こせというのか」

小兵衛が憮然《ぶぜん》と答えた。

「町人が武家屋敷など持てるわけがございません。そうではなく、川越の特産品の販売を我々に任せていただきたい」

「西郷屋が一手に引き受けるというのか」

小兵衛はさすがにたじろいだ。他の商人の利権を奪ってしまうからだ。

「さよう。販売は西郷屋、運搬は薩萬屋さんに、すべてお任せいただきたい。諸国に川越の芋《いも》、醬油、米を大々的に売ります。我らはそこから利を得て、都合十万両の利息といたします。もちろん仕入れの代金はきちんとお払いします。融通金とそれとは別です」

西郷屋が滔々《とうとう》としゃべった。

薩萬屋がその先を続ける。

「とくに川越芋は、九里四里《くりより》も十三里（約五十二キロメートル）と囃《はや》されるごとく、本家の薩摩芋よりも人気があります。上方《かみがた》でももっと売れるはずです。手前どもの船で、どんどん上方に運びますよ」

十三里とは川越が江戸より十三里の位置にあるからだ。

そして九里（栗）四里（より）も旨いと言っているのだ。

この話、一見、理にかなった商いにみえる。

だが、それでは川越の商いのすべてが西郷屋と薩萬屋に支配されてしまう。こやつらが、売れぬと言い出して、仕入れを止《や》めた農産物などは、先細りになるだろう。

安く買い叩かれても困る。

小兵衛は押し黙った。

藩主松平斉典も難色を示すに違いない。藩の財政の根幹にかかわることだ。

「河原様。ここに一通の借用書がございます」

西郷屋が懐《ふところ》から一枚の紙を取り出し、畳の上に置いた。

「それはなんとっ」

小兵衛の唇が震えた。

そこにあるのはなんと小兵衛が札差の宮城野の主人、万作《まんさく》から密かに借りた二百両(約二千万円)の借用書である。

「これも併せて私共に回ってきましてね。お家ではなく河原様のお名前になっている」

小兵衛の額に汗が浮かんだ。

汗と共に、いやな記憶も脳裏に浮かぶ。

あれは蔵前の札差に金策に走る中で、心労が溜《た》まりにたまっていたときのことだ。

ふと入った蕎《そ》麦《ば》屋で小兵衛はたまたま宮城野の女中と名乗る三津《みつ》と出会った。女中の癖にやけに景気よく飲んでいたので、不思議に思い冷やかすと、賭《と》場《ば》で儲けたという。

『夕べ一分銀の種銭《たねせん》で、大勝ちしましてね。十両まで儲けました。お武家様にご馳《ち》走《そう》なんて、おこがましいでござんすが、天ぷら蕎麦のひとつでもいかがですか』

と二十歳《はたち》そこそこの娘に馳走になった。

札差の女中にしては、やけに色香が漂う女であった。

『今夜も行くんですよ。といってもあたしは二分（約五万円）しか持って行きませんけどね。すったらそれで終わりです。博打《ばくち》の肝《きも》は一か八かですから』

三津は燗酒《かんざけ》を一本開けると、早々に立ち上がった。粋な継《つ》ぎ接《は》ぎの小袖から婀《あ》娜《だ》っぽさが漂っていた。

三津の色香に惹《ひ》かれたわけではないが、小兵衛はなんとなく賭場というところに行ってみたくなった。

気持ちのどこかに一か八かの勝負で大金を作りたいという思いもあったのだ。

『それがしにも賭場を案内してもらえぬか』

そう言ったのが始まりだ。ついて行った先は、本所《ほんじょ》の寺で、簡単な丁半《ちょうはん》賭博だった。その夜、あれよあれよという間に、一両の元手が十両になった。

三津はといえば実に堅実で、二分の元手がなくなるとすぐに手を引いていた。帰りにしょんぼりする三津を慰めようと、居酒屋に入り酒を奢《おご》ってやった。飲むと三津は、より色っぽくなった。娘ほども歳《とし》が離れているというのに、そのまま待合に入って懇《ねんご》ろになってしまった。

地獄の釜の蓋《ふた》を自ら開けたようなものだった。

三津との逢瀬《おうせ》に夢中になりだすと、博打へ行くことも増えた。三津は小銭で張り、負けるとあっさり手を引くのだが、小兵衛は見栄《みえ》を張らずにはいられなかった。

勝っては三津の着物を新調し、負けては、賭場から金を借りた。

十両、二十両と借金が増え、遂には賭場から追い込みが掛かるようになった。

上屋敷の周りを破落戸《ごろつき》がうろつくようにまでなったのだ。

当主や目付に知られては大変なことになると思った矢先、そんな小兵衛の窮《きゅう》状《じょう》を見かねて、三津が宮城野に相談してくれた。そこは札差だ、御蔵米《おくらまい》を担保に百両を用立ててくれた。

ただし、このとき小兵衛はみずからの金を借りたと証書を書かねばならなかった。それは宮城野が、御蔵米の売却金から少しずつ小兵衛の返済額を抜くのだが、当家の勘定方や目付にばれたときに、宮城野が言い逃れするための証文だった。

小兵衛としては早くこの証文を取り返したかった。

そのためには博打を打ち続け、大当たりを得るしかなかった。

勝ったり負けたりの日々はさらに続いた。借用書を書き換えることで、宮城野は十両ずつ追い貸ししてくれた。

百五十両を超えた頃、三津が離れていった。気が付けば二百両だ。

いまに思えば、三津は本当に宮城野の女中だったのか疑わしい。

「お話をまとめていただければ、これは西郷屋が帳消しにいたします。あらたな借用書は要りません」

宮城野への債務が西郷屋に移るわけだが、小兵衛としてはそれで不正の発覚を防ぐことが出来る。

「まことかっ」

「はい。この二百両も御家からいただく利権で取り返します。私らは札差のような金貸しではありません。仕入れたものを高く売って利を得るごく当たり前の商人です。ただし商売の種《たね》がないことには何事も始まりません。ですからこの二百両は、川越藩への通行手形と考えています」

西郷屋は薩萬屋と百両ずつ出し合うのだという。

──楽になる。

小兵衛は一も二もなくそう思った。

「通行手形、発行していただけませぬか」

薩萬屋が再びひれ伏した。

「分かった。殿にそのように言上《ごんじょう》しよう。元金の十万両は十年先払いだな」

「はい。その証文は、きちんと交わしていただきますが」

西郷屋が抜け目なく言った。

「もちろんだ」

「返済は十年先からでございますから、世子《せいし》様のご署名もいただきます」

流れの中で、西郷屋がするりと言った。

が、小兵衛は引っかかった。

「斉省様は十六になったばかりで、まだ家督をついでおらん。大和守さまだけでよいはず」

「いいえ。こう申してはご不快かもしれませぬが、商人ゆえに言わせていただきます。十万両もの大金を十年間、御家に預けるのです。しかも利子は自分たちの知恵で得る。商いがうまく回らねば、無利子で貸しているも同然となります」

と、ここで西郷屋はひと息ついた。

「十年後、ご当主大和守様は五十一歳、ご家老の河原様も五十歳になります。そして斉省様は二十六歳。この意味はお分かりでしょうか」

「代替わりして、借金を反故《ほご》にされたくないと。斉省様であれば、将軍の弟君、取りはぐれることもないと」

小兵衛は苦笑いした。

西郷屋と薩萬屋が静かに頷く。

さすがに『さようで』とは言わなかった。代わりに、

「証文をここに持参しました。大和守様、斉省様の署名、押印があれば、明日にでも十万両、こちらにお届けいたします」

とふたりそろって頭を下げた。

障子の向こうで鹿威《ししおど》しがかーんと鳴った。

この話、詰んだようである。商人たちの勝ちである。

五

それからふた月ばかりが過ぎた。江戸の町には秋風が吹き始めていた。

「なりえ、違うな。それでは見得になっていない」

朝っぱらから、和清の叱咤《しった》の声が飛んできた。

「はいっ。もう一度飛びます」

吐いた息が被っている能面の裏側に跳ね返り、顔に吹きかかる。

忍びの装束で口を隠して屋根から屋根へと飛んだことはあるが、能面をつけると、これほど息苦しくなるとは知らなかった。

役者は忍び以上に大変な仕事だ。

しかも舞台の上で、大見得を切るなどという芸当は、生易《なまやさ》しいものではない。こんなことを毎日、容易《たやす》く演じている雪之丞には恐れ入る。

なりえは舞台下手から飛び出し、踏み台を蹴り五尺（約一・五メートル）ほど上方に舞った。

舞台中央あたりで、遊泳しながら両手を広げて首を大きく回さねばならない。

これが難しい。

当たり前だが、忍びではやらない。

「うっ」

見得を切ろうとしたところで身体が流れた。

空中で止まることは不可能なのだからしょうがない。なりえは身体をばたばた動かし、上手に転がり込んだ。

これでは芝居として見苦しい。

「無様《ぶざま》だなぁ」

客席で腕を組みながら眺めている和清が、ぼそっと言った。なりえは能面を取り、和清を睨《にら》んだ。むっとした。

そもそも女は芝居小屋の舞台には上がれないのだ。女歌舞伎《かぶき》は風俗を乱すということで、百年以上も前に禁止されている。

なりえは黒子として舞台にあがっているのだ。一人二役をやる雪之丞の替え玉としての役である。

女のような体つきの雪之丞に対して、男のような体つきのなりえはちょうどいいのだ。身の軽さも抜擢《ばってき》された理由である。

面をつけているのはそのためである。

しかし、いかに身は軽いといっても、芝居が出来るわけではない。『飛ぶ』のと『飛んで見せる』のとでは、天と地ほどに違う。

なりえは天井を見上げたまま、ため息をついた。

「空中ではだれも止まれねぇよ。止まろうとしないこった」

いきなり上手の袖から雪之丞が出てきた。豆絞りの浴衣《ゆかた》姿だ。

「でも雪さんは完璧に止まっている」

「いや、そう見えるだけで、動いているさね。真横から見たら分かる」

すっと雪之丞が踏板も使わずに、宙を舞った。

猫のように身体を曲げながら、下手側へと飛んでいく。確かに止まることはない。弧を描くように動いている。

弧の頂点に向かう少し前から首を裏側に向け、頂点でさっと客席を向く。この瞬間にぱっと両手を広げ、向こう側に落ちながらまた手を締めていくのだ。

すとんと下手に着地した。

「な、止まっているように見えるのは錯覚だ。まぁ手妻《てづま》みたいなもんさ。こつはね……」

雪之丞が言葉を切った。

目が光る。

「こつを教えてもらえるんですか」

なりえはすがるような眼をした。

「分身をやってもらうんだから、教えるしかないな。芝居はすべてめりはりよ」

「めりはり、ですか」

「おうよ。すべてめりはりだ。どこで大げさに見せて他を隠すかだ。そいつを自由自在に操ることだ」

雪之丞はもう一回飛んだ。弧を描く。頂点の手前、頂点、頂点の後。この三点の動作が大きい。他はむしろ身体を窄《すぼ》めているようだ。

「なっ。止まっているように見えるだろう」

「はいっ」

「それを活殺《かっさつ》っていうんだ」

客席から和清の声が飛んできた。

「活殺ですか」

「あぁ、生かす、殺すを自在に操るという意味だ。何を生かして、何を殺すか。日々の生活でも大事なことだ。芝居では活殺と書いてめりはりと読む」

「なるほどですね」

それは芝居だけではなく、御裏番としての仕事にも通じる。めりはり。その言葉を胸に刻み、下手に戻り、もう一度飛んだ。頂点前で顔を背後にふり、つぎの瞬間、客席に向いた。両手を開く。

「おぉ、見得になっているぞ」

和清の声が聞こえた。

が、その形を閉じられないままに身体は落下していく。またばらばらになった。

「もうひとつ言っておくぜ。上がりと下りじゃ、下りが早い。見得はもっと短く」

上手袖から、雪之丞の声が飛んできた。

「はいっ」

また戻って飛ぶ。幼き日に、御庭番になるための忍びの稽古をしていた頃を思い出す。出来ないことは出来るようになるまで稽古をするしかないのだ。

繰り返し稽古をしたが、なかなかうまくはならなかった。

お栄が重箱をぶら下げてやってきて、ようやく昼だと知った。稲荷《いなり》と太巻きで昼飯となった。

そのとき、木戸が開く音がした。

「あっ」

なりえは、咥《くわ》えていた稲荷寿司を落としそうになった。

数寄屋橋の公事宿《くじやど》『桜田楼《さくらだろう》』のご隠居、弥助《やすけ》がやって来たのだ。天保座一同が固まった。この爺《じい》さんが来ると、たいがい御裏番としての命がくだることになるのだ。

「和清さまとなりえ様をさるところにご案内いたします」

珍しい。常なら座元ひとりが呼ばれる。なりえは訝《いぶか》しく思ったが、それならば、と着替えのために楽屋に向かった。

第二幕　奈落

一

数寄屋橋御門内の南町奉行所。

弥助にまさかここに案内されるとは思ってもおらず和清は面食らった。かつて和清が同心として勤めていた場所だ。

いまは御裏番を務める立場上、与力や同心とは顔をあわせたくないのだが、御奉行もややこしいところに呼び出してくれたものだ。

常ならば、縁日でそれとなく並んで話すとか、朝っぱらから高級料亭に呼ばれ、馳走になりながら探索を命じられるとかなのだが、今日に限って珍しい。

とはいえ奉行所の表ではなく、庭をぐるりと回って奥に通された。御奉行の役宅の方だ。風流を極めた庭から書院に上がった。

「ただいま茶を」

弥助が草履《ぞうり》を直して勝手に奥に進んでいく。

「おいおい、弥助さんが茶を淹《い》れるのかい」

「はい。奥方も女中もおりませんのであっしが茶を。淹れたらすぐにお暇《いとま》します」

弥助は瓢々《ひょうひょう》と襖《ふすま》の向こうへと消えた。

南町奉行、筒井政憲には政循《まさじゅん》という世子がいるはずだが、役宅とは別の屋敷にいるのか和清は見たことがない。奥方も判然としない。ここにいないのは明らかだった。

次男、信敦《のぶあつ》は同じ旗本の下曾根《しもそね》家に養子に出ており、洋式砲術を学んでいると聞く。

家族は役宅に同居していないということだ。もっとも奉行所というところ、六十歳の老人でも悠々自適の暮らしが出来る。宿直《とのい》はいるし料理番もいるのだ。

弥助が茶を淹れてきた。

「あっ、志《し》ほせの饅頭ではございませんか」

隣でなりえが素《す》っ頓狂《とんきょう》な声を上げた。明石町《あかしちょう》の塩瀬《しおせ》の銘菓だ。

大酒飲みで男まさりのなりえだが、饅頭にも目がないらしい。和清は甘党ではない。冷酒と塩昆布《こんぶ》があれば、それでよい口だ。

「それではあっしはこれで」

弥助が庭から帰っていった。公事宿『桜田楼』は数寄屋橋御門の目の前にある。

蟬《せみ》の声を聞きながら待つことしばし。

「俺のも食っていい」

和清は目の前の饅頭をなりえのほうへ寄せた。

「いただきます」

嬉々《きき》として二個目の饅頭を食べ始めた。

和清は緑に輝く庭を眺めて待った。少しずつ傾く日差しに合わせてさまざまな草花が、刻一刻と表情を変える仕掛けがほどこされている。

飽きない。

半刻《はんとき》（約一時間）ほど待たされ、ようやく筒井政憲が現れた。薄青色の結城《ゆうき》紬《つむぎ》を着ている。笑顔だ。

「例《ためし》のない判断をせねばならなくて、例繰方《れいくりかた》との話し合いに手間取った。すっかり待たせてしまったな」

と筒井は上座に座った。

奉行として、裁きをするためには、なによりも先例を丹念に調べることが、もっとも重要なこととなる。

先例を踏まえず新例を示すことは、前任者の否定となり、先の裁きが間違いであったということにも繋がるからだ。

量刑に関しても同じである。

但《ただ》しそこにぴったり同じ例があるとは限らない。奉行は例繰方与力の示す様々な組み合わせ例を参考に、どこから突かれても差《さ》し障《さわ》りのない裁きを導きだしていくのだ。

とんでもなく面倒くさい。

和清たちのような闇のうちに裁きを執行してしまう御裏番も必要になってくるわけだ。

小者《こもの》がやってきて、筒井に茶を差し出した。こうした者たちがいるので、筒井は女手がなくても不自由はないのだろう。

「ふたりそろって来てもらったのには訳がある」

茶を一服した筒井がおもむろに切り出してきた。

「はあ」

なりえはきょとんとした顔だ。和清は何事かと訝しく思った。

「和清も、なりえの素性には薄々気が付いておろう」

筒井がそう聞いてきた。

「いずれ御庭番の出かと。身のこなしの鮮やかさで分かります」

「そこは誰でも気付くだろう」

筒井が求めていた答えではなかったようだ。口をへの字に曲げ、もう一服茶を喫し、あらためて言う。

「出自についてだ」

意外な方向へ話は向かった。そんなことはなにも知らない。

筒井がなりえを天保座の座員として推してきた際に、あれこれ聞かぬほうがよいと察したからだ。差し詰め天保座の一同が御裏番として闇裁きを執行する際に、暴走しすぎないように、お目付け役になるための奉行直轄の忍びと受け止めていたからだ。

「御奉行っ。それは言わぬはずでは」

間髪容《かんはつい》れず、なりえが右手を前に突き出し、筒井が口を開くのを止めた。

和清はさらに怪訝《けげん》に思った。

——なんだ？

「なりえ殿、そうもいかなくなった」

——なりえ殿だと？

奉行がなりえに『殿』を付けるとはどういうことだ。和清は少し焦った。

「御奉行、それがしには、よくのみ込みませぬ」

久しぶりに武家言葉になった。

「うむ。まずはそこから話そう。なりえ殿の母上も御庭番であった。おもに諸藩の大奥や江戸屋敷の女中として入り、探索する任についていたようだな。名はおいえと申したそうだな」

と筒井がゆっくりとした調子で話しながら、なりえのほうを向いた。

「さてはあの母がぽっくりと逝《い》きましたか。今年で四十二歳ですから、逝くには手頃な歳かと思いますが」

「そうではない。おいえさんは、隠居して川越の徳川家所縁《ゆかり》の尼寺でご健在だ。隠居したとはいえ、そこは元女御庭番。聞き耳をたてる習性も健在で、あれこれと情報を集めては、西の丸へと報《しら》せてくれているそうな」

「御庭番が西の丸へですか」

　和清は聞き返した。

　御庭番は本丸の管轄だ。

「うむ。すでに隠居しているので本丸への義理立て無用だ。厳密にいえば、いまは二の丸へ報せているということになる」

　筒井が言い直した。三月十日に西の丸は失火で全焼し現在再築中である。大御所は二の丸で暮らしているということだ。

「いずれにせよ、我らと同じ役をなさっているということ」

「それは当然のことなのだ。本来ならば、おいえさん、いや庭真院《ていしんいん》様は、家斉公のご側室になられてもおかしくなかった方だからの……」

　と筒井は静かに言った。

　――えっ？　なりえの母が将軍側室になっていたかも？

「……ということは……つまり……」

なりえは大御所家斉公の娘。

和清はおもむろに、なりえの横顔を見た。

なりえが額を掻《か》きながら頷いた。

――当たりか。

家斉公と女御庭番おいえとの間に生まれたのが、このなりえ。なりえの『なり』は家斉公の『斉』。そして母おいえの『いえ』は家斉公の『家』ということか。

そうなれば奉行がなりえに殿を付けたことに合点《がてん》がいく。姫君であられるのだ。

――おっと。

和清は急に居住まいを正した。

「……なりえ殿、これまでの非礼何卒《なにとぞ》……」

と座布団ごと一歩退く。

「座元っ、やめてくださいよ。母のおいえが上様に色目を使って、授かったのが私です。御庭番を継がせるために、同業の種を貰《もら》うことを嫌った母が、あろうことかお上にねだったのですよ」

なりえの顔がふくれっ面《つら》になった。

「とはいえ、お上が母上を愛《め》でたのは事実」

和清は下がったまま伏した。

「いやいや、お上は、御庭番の子孫を残すのも悪くないと、ご愛敬《あいきょう》で私を産ませたまでのこと。私は御庭番の家に、父の不明な子として生まれ育っています。大奥で生まれ、蝶よ花よと育てられた他の姫様たちとは、まったく違います。座元にそんなに退かれてしまったら、やりにくくてしょうがないですよ」

なりえも座る位置を和清の横まで下げてきた。

「しかし、聞いてしまった以上、畏《かしこ》まらざるを得ませぬ。なりえ殿の母上はきちんと院号を得て由緒ある寺で暮らしておられる。そこに大御所様の並々ならぬ配慮がうかがえます。なりえ殿も、ことあれば、御城に迎え入れられることもあろうかと」

やりにくくてしょうがないのは、こっちのほうだ。

大御所の血筋の娘となれば、ある日突然、城に戻されることもあり得る。たとえば、徳川家のさらなる閨閥《けいばつ》づくりのために、なりえをいったん大御所の娘として正式に認め、城入りさせたのちに、姫として雄藩に嫁がせる案が浮上しないとは限らないのだ。

そうなれば、なりえは芝居小屋の裏方などとは雲泥《うんでい》の差の人生を歩むことになる。

「いやいや、私が行くのは中奥《なかおく》の御庭だけで、城内に立ち入ることなどあり得ません」

「しかし母さまは、きちんと徳川ゆかりの尼寺に入っておられるではありませんか。大御所の覚えめでたいということでございましょう」

和清はあくまで伏したまま言った。役者なので、咄嗟《とっさ》に手のひら返しのような態度も抵抗なく出来る。

「あのですね、座元。私の母ほどうまく立ち回る御庭番はいないと思いますよ。母は御庭番の家の娘として生まれ、自分が御庭番をやりたいがために、婿をとることもしなかった。けれども老後のことを思うと不安になった。そこで家斉公との間に子を残したら、老後の安泰を引き出せると考えたんですからね」

「立派な処世術でござる」

和清は答えた。

「それで大御所様が将軍職を退かれたのを機会に出家願いを出し、うまく川越の名門尼寺へと出家させてもらったんですよ。調子良すぎると思いませんか」

なりえは、女であることをうまく使った母を幾分、蔑《さげす》んでいるようだ。

「そう申すものではありませぬ。庭真院様は、尼寺でも間諜《かんちょう》を続けられているのだ。ある意味、御裏番の別動隊のような役割をしているのです」

筒井が窘《たしな》めるように言った。

座る位置をかなり下げたので、若干《じゃっかん》声が聞き取りにくかった。

「御奉行も座元も、とにかくその敬語をやめてくれませんか。そもそも御奉行、私が家斉公の娘なのは、終生内密にするはずだったんではないですか」

なりえが大声をあげた。筒井を問い詰めているのではなく、間が空いてしまったので声を張らねば通らないのだ。

「ところが大御所様から、事の次第を明確にせよ、との伝書が届いた。わしもそのほうがよいと思う。むしろ東山に報せずに、働いているほうが、水臭いとは思いませぬか……いや、なりえ、そうは思わぬか」

筒井が背筋を伸ばして言う。敬語はやめたようだ。

なりえが大きく頷いた。

「たしかにそうですね。これまで出自を隠していることを、後ろめたく思うこともありました」

「ならば、これですっきりしただろう。そういうことだから東山のほうも……」

と筒井は和清のほうへ向き直り、

「……なりえをこれまで通り、配下として遠慮なく使うことだ」

と諭《さと》してきた。

「承知しました」

和清は座布団を元の位置に出した。筒井との間が空きすぎて、実は話が聞き取りにくかった。なりえも前に戻す。

「大御所様が、わざわざなりえの出自を東山に明確にせよとわしに伝えてきたのは、そのほうたちに直接、命を下したいからだそうだ」

筒井の声が今度ははっきり聞こえた。

「なんと、大御所様の直命ですとっ」

さすがに驚いた。のけ反りそうになるほどだ。

「東山、何を慌てふためいておる。御裏番は、もとより大御所直轄の間諜方ぞ。創設の命を受けたのはわしだが、今後は御庭番同様、御直御用《おじきごよう》が基本となる。今日はわしが案内役となるが、次からはなりえに報せが入るはずだ」

筒井が茶を飲んだ。

御直御用とは、将軍から直接承《うけたまわ》る御用である。

震える話だ。

先の将軍とは言え、いまなお大御所は事実上の天下人だ。

お目見え以下の御家人《ごけにん》の出である和清が、直接会うことなどあり得ない話であった。

とは言え一度だけ会ったことがある。

先の尾張一党の吉原乗っ取りを阻止するために乗り込んだときだ。はったりの仕掛けを本当らしく見せるために、筒井が大御所を担ぎ出したのだ。

そのとき和清はなんと大御所に代わり、将軍駕籠に乗ったのだ。

帰り際に大御所からひとことあった。

『この駕籠の乗り心地《ごこち》はどうだった』

と聞かれ、和清が、立場を弁《わきま》え、

『そのようなことはなかったと』

伏したまま答えると、こんどは、

『硬いのう。だがよい芝居を見せてもらった。天保座、これを励みにさらに精《しょう》進《じん》せぇ』」

と、返してきたのだ。

噂《うわさ》通りの豪放磊落《らいらく》な振る舞いであった。

とは言えそれは、ひれ伏して聞いていたまでのこと。

目も合わせていない。

「大御所は、たぶん座元に興味をもったのですよ。生来の派手好き、吉原でのあの大仕掛けは、大いに受けたと思います」

なりえが笑った。

吉原の妓楼を一軒まるごと崩落させて、悪党どもを叩き潰した闇裁きだった。

「あの仕掛けを見て、大御所様は天保座そのものを絡繰《からく》り小屋にしたら面白いと言ってきたのだ」

筒井も破顔する。

そういうことだったのか。

しばしの間、筒井となりえから、大御所家斉の人となりを聞いた。御城へは日が暮れてから上がることになるそうだ。

二

夜になった。満月だった。

西の丸ならば桜田御門《さくらだごもん》から入るのだそうだが、二の丸に行くために一橋御門《ひとつばしごもん》から入るという。

先導しているのはなりえであった。和清は筒井と共にその後に続いた。

和清、初めての登城である。

大番所の前でなりえが、首からぶら下げていた守り札のようなものを見せると、門番はあっさりと三人を通してくれた。

御庭番は廃業したはずなので、特別な手形のようなものを与えられているのかも知れない。そこはお手付きの子であっても、娘は娘。

さらに大手濠《おおてぼり》を渡り平川御門《ひらかわごもん》から、城内へと進む。

白壁の城が月光に照らされていた。巨大な城である。その手前に空き地があった。闇に深く沈むような広い空き地である。

「城内にもやはり日除《ひよ》け地《ち》があるのだな」

和清はひとりごちた。

「座元、そこは三の丸の空き地ですよ。大名の家臣が控えるための広場です。日除け地ではありませんよ」

なりえが教えてくれた。

「登城の際はわしはいつも坊主衆を頼りに歩くのだが、さすが、なりえは城内の勝手を知っておるようじゃのう」

還暦を迎えた筒井も矍鑠《かくしゃく》とした足取りで、なりえに続いている。和清はふたりの後を追うように歩いた。

「私は夜しか来ませんから、自在に歩けるのです。女は昼はうろつけないですからね。はい、ここから入ります」

なりえがひょいと北櫓の脇の白壁を押した。絡繰り壁のようで、一間（約一・八メートル）ほどの壁がくるりと回転する。

中は庭だ。濡《ぬ》れ縁《えん》に並ぶ行灯《あんどん》に照らされ、緑の草がくっきりと見える。

「こちらが二の丸の庭ですね。私も初めて入りました。ずっと本丸の庭でしたから」

と、なりえが庭を横切り、濡れ縁の前へと進む。

ここが二の丸であったか。てっきり本丸とばかり思い込んでいた。和清は改めて千代田の城の巨大さに驚いた。

二の丸の向こう側に見えるのが本丸であろう。見上げているだけで首が痛くなる。そしてその先に紅葉山《もみじやま》があり、再建中の西の丸があるのだ。

お濠の内側は果てしなく広い。

なりえが濡れ縁の手前で片膝をつき頭《こうべ》を垂れた。筒井も同じように屈《かが》む。草は夜露《よつゆ》に濡れていたが、袴《はかま》の汚れなど構わず膝を突いた。

和清も慌てて、それに倣《なら》った。着流しなので、裾《すそ》が乱れる。

待つことしばし。

濡れ縁に坊主が現れた。

「伊賀守様は、こちらにお上がりください。裏番のふたりはいましばらく、そのまま、そのままで」

待遇が違った。

「善也《ぜんや》殿、かたじけない。では上がらせていただく」

筒井が草履を脱ぎ、濡れ縁を渡り畳敷きの廊下に上がった。奥坊主であろう善也が袴の膝に付いた僅《わず》かの汚れを払うための手拭《てぬぐ》いを渡している。筒井は汚れを拭くと、襖に向かってひれ伏した。

夜の城内は静寂《せいじゃく》に包まれている。不気味なほどの静けさである。

再び待つことしばし。

いきなり襖が開いた。和清はより深く頭を垂れた。

「なりえ、よくぞ来てくれた。伊賀守も大儀であったな」

大御所、徳川家斉の声に間違いない。和清は目の前の緑の草ばかりを見つめていた。膝が少し震えるのが自分でも分かった。

「東山、久しぶりじゃのう。芝居小屋は出来たか」

大御所は覚えていてくれたようだ。

「ははあ」

顔など上げられない。草の匂いに噎《む》せないように、呼吸を浅くした。くしゃみでもしたら首を刎《は》ねられるのではないか。

「吉原では愉快であったのぉ。いまも飛んだり跳ねたりしておるか」

さらに言葉を繋いでくるとは思ってもいなかったので、和清はただただ恐縮した。

「ははあ」

「相変わらず東山は硬いのう。一同、面《おもて》を上げい」

『ははあ』の声が三重になった。なりえと筒井が顔を上げているのを確かめてから、和清もおもむろに上げた。

襖の向こうの書院に徳川家斉が立っていた。先の将軍にして現在《いま》は大御所。なんと寝間着姿である。

小姓《こしょう》もついていない。ひとりである。

そのままの格好で、濡れ縁にまで出てきた。笑顔だ。

恰幅がよく、ややしもぶくれの顔は、一重瞼《ひとえまぶた》で口と顎《あご》に髭《ひげ》を蓄《たくわ》えていた。肌の色艶《いろつや》はいい。威厳があるといえばあるが、白絹《しらぎぬ》の寝間着姿ということもあり、なんとなく好色な爺《じじい》にも見える。

そんなことはおくびにも出せないのだが。

「上様、寒くはございませんか。もはや夏ではございませぬ」

なりえがそう声をかけた。娘らしい気遣いだ。

「なんともない。話が終わったらすぐに奥へ入る。二の丸の大奥は狭いが居心地は悪くない」

坊主の善也が出てきて、濡れ縁にぶ厚い座布団を置くと、大御所はその上に胡坐《あぐら》を掻いた。善也がその肩に黒の羽織を掛ける。葵《あおい》の紋付きだ。

「白湯《さゆ》でございます」

善也はさらに座布団の前に蓋付きの茶碗を置いた。

「うむ」

大御所が頷いた。善也はそのまま濡れ縁の端に戻り、気配を消して座した。

その姿、まるで置物のようだ。

「そのほうたちを呼んだのは他でもない。探索してもらいたい件がある」

大御所が白湯を飲み、なりえと和清の双方に眼差《まなざ》しを向けてきた。

「なんなりと」

なりえが答える。

「川越松平家の様子がおかしい。探索してくれぬか」

大御所が唐突に切り出してきた。

「川越は斉省様が養子入りした先ではございませんか」

なりえが聞き返している。

「弟に様はいらんだろう。そなたも斉省も『なり』で繋がっておる」

と声をあげて大御所は笑う。庭にその声が響いた。和清は改めてなりえが、この天下人の娘であることを認識させられた。

なりえは困った顔をしている。

「様子がおかしいとは?」

筒井が割って入った。

「三月ほど前に大和守より、藩政窮乏《きゆうぼう》のおり十万両を拝借したいとの願いがじきじきに余に届いた」

大和守とは川越藩主松平斉典《なりつね》のことであろう。和清は川越へ行ったことはなかったが、霊南坂の大きな上屋敷の前は何度も通っていたので知っていた。

「川越は災害続きと聞きます。また凶作でもあると」

筒井が同情的に言った。和清に言わせれば、どの藩も似たりよったりではないか、である。この時期家政が楽な藩などない。

潤《うるお》っているのは幕閣の中枢《ちゆうすう》にいる一握りの名家だけだ。

「うむ。川越には斉省を出した際に、持参金を付けておらんかったので、水野に用立てるように命じたのが、渋られてな。大和守から催促《さいそく》があれば、水野にあらためて一喝しようと思うていたところだが、その川越からは一向に催促が来なかったのだ」

「幕庫の内証を察してご遠慮したのでは」

今度はなりえが話を受けた。

「大和守がそれほど弁えた男とは思えん。すでに男子がおったのに三歳の斉省の養子話をすぐに受け、世子に叙任《じょにん》した。拝領金をあてこんでのことに決まっておろう。それが十三年も放置されたので、さすがにみずから『欲しい』と手を挙げてきたのだ。その手を降ろしたとは思えん」

「どういうことでしょうね」

なりえは、そう答えたが、何処《どこ》か冷ややかな調子でもあった。母親が違うだけで、ずいぶんと境遇が異なる弟への嫉妬《しっと》が多少なりとはあるだろう。

和清はそう感じた。

「いや、尼桜寺《におうじ》に暮らすそなたの母が、近頃、川越の町の様子がおかしいと報せてきたのだ」

「おいえは、尼寺に入ったのに、川越の町をうろうろしていたりしているんですか。おとなしく経《きょう》でも読んでいればよいものを。きっとやれ川越煎餅《せんべい》がうまいのとか、どこそこの汁粉屋の若旦那が眩《まぶ》しいとか言ってほっつき歩いているんですね」

なりえが目を吊り上げた。

「なりえ、母親のことは庭真院と呼べ。あれはおまえの母親である前に余の女だ。老々の身となりながらも、余のためにいまも探索をつづけているのだぞ」

大御所が片眉《かたまゆ》を吊り上げた。

「四十を少し超えたばかりで、老々の身もないでしょう。尼僧の装束からばんばんに色香を放っている様子が目に浮かびます」

なりえも目くじらを立てた。

親子喧嘩《げんか》だ。ふたりは睨み合った。

「恐れながら申し上げます。町の様子が変わったとはどういうことでございましょうか。それがし探索をいたします」

ここで初めて和清は口を挟んだ。

御直御用である。御裏番が大御所に口答えするなどもってのほかだ。

「うむ。そこだ。庭真院からの文《ふみ》によれば、川越の宿場近くに両国の唐物屋『西郷屋』が進出してきて、たいそうな人気だそうだ。唐物だけではなく、呉服や小間物まであらゆるものを取り扱っているという。が、そのために元からいる商人たちの店が立ち行かなくなりだしているとある」

両国の西郷屋。

その名は和清も知っている。

天保座に通じる『甘辛横丁』にも、出店《でみせ》を構えている大店だ。わざわざ人出の多い人形町通りではなく、まだ未開に近い甘辛横丁に出店してくるとは、先見の明があると陰ながら感心していたところだ。

「そればかりか西郷屋は、川越の特産品の販売も一手に引き受け始めたようだ。そうなれば、川越の商いは、西郷屋によって牛耳《ぎゅうじ》られることになるのではないか、と庭真院は憂《うれ》いておる」

大御所が白湯を飲んだ。

言わんとしていることは、和清にも読めた。大御所の命は、西郷屋と川越松平家の癒着《ゆちゃく》を見極めろということだ。

「誰が、川越松平家と西郷屋を引き合わせたかも重要となりましょう」

和清が答えた。

「うむ。どこかに謀略《はかりごと》が潜んでおるやも知れぬ。天保座、探索せよ」

「ははあ。しかと承りました」

再び平伏した。

「なりえ、西郷屋に潜り込んだならば、南蛮渡来《なんばんとらい》の膃肭臍《おっとせい》の漢方があるかどうかも調べてくれ。どうも近頃、夜が弱くなってな」

大御所は立ち上がりながら言った。六十五歳である。

「これ以上、弟も妹もいなくてよいのですが」

なりえは父親を睨み返した。それは紛れもなく娘の目だ。

三

なりえは奈落《ならく》に入った。

奈落とは天保座の隠語で潜伏ということである。

請《う》け人宿《にんやど》の『鶴巻屋《つるまきや》』を通じて両国の西郷屋の女中に入った。

繁盛店ゆえに西郷屋は慢性的な人手不足に陥っているとのことで、なんなく入り込むことが出来た。

破産した料亭の仲居だったことにして、住み込みで入った。

役柄は座元の創作だ。きっちり頭に入れている。

奈落に入って七日が過ぎた。

「なりえ、あんたは本当に男まさりだね。そんな力仕事を難なくこなす女中は初めて見たよ」

裏庭で薪割《まきわ》りをするなりえを見て女中頭《がしら》のお梅《うめ》が笑った。

片肌脱ぎで、鉞《まさかり》を下ろしていた。要は剣術のようなものである。

「はい、手代《てだい》さんから湯を沸かすように言われたのですが、くべる薪が足りませんで」

今日に限って、薪割りや草むしりなどの雑役係の彦左《ひこざ》という爺さんが寝込んでいる。昨日、二階の出格子の修繕をしていて梯子《はしご》から落ちたのだそうだ。

「あんた前の店ではどんな仕事をしていたんだい。湯屋で薪割りでもしていたのかい」

嫌味が籠《こも》っていた。

「行商の付き人ですよ。手代さんとお得意を回るとき、一緒に木綿《もめん》の反物《たんもの》を背負って歩くんです。絹の倍は重いですから、自然に背中も腰も鍛えられます」

「なるほど。それでそんなに力があるんだ」

お梅は感心したように笑ったが、その眼は意地悪く尖《とが》っている。

奉公にあがったばかりなので、当然下働きだ。掃除、洗濯、炊事の手伝いとあらゆる仕事を言いつけられ、店の裏側を飛び回ることになった。

なりえにとっては勿怪《もっけ》の幸いである。

おかげで店の裏側の構造に明るくなった。

間口十間《まぐちじゅっけん》の大店である。

総二階の屋敷は表と裏に分かれている。

表は商場《しょうば》。

唐物、小間物、骨董《こっとう》の売り場が四十坪《つぼ》で、その真裏に大きな帳場があり、大勢の手代たちが、算盤《そろばん》を上げ下げし、入念に帳簿や契約書を作成している。

とんでもなく活気がある。

唐物屋といっても、西郷屋は単に小売りだけをしているわけではない。長崎と薩摩に買い入れ用の店を持ち、渡来品を直接仕入れており、交易全般を取り仕切る問屋でもあった。

顧客から依頼があれば、出島《でじま》の蘭人《らんじん》や唐人《とうじん》に直接注文を出すのだから入手は早く、利鞘《りざや》も大きい。

廻船問屋の薩萬屋と提携しており、西郷屋の荷は最優先で運ばれるという。なるほど他の唐物屋を圧倒しているわけだ。

精力薬も各種仕入れているようだった。手代に聞くと膃肭臍の陰茎《いんけい》を粉砕した漢方もあるそうだが、父に教えるつもりはない。

裏は住居で、主人の家族と住み込みの奉公人が、十人ほどが暮らしている。

商場の表と住居の裏は、渡り廊下で繋がっており、間は中庭になっている。主人の孝介の趣味なのか、風流な築山《つきやま》が拵《こしら》えてあった。

女中の仕事は、概《おおむ》ね、裏の住居での一家の世話が大半だ。

「それだけ男まさりなら、芝《しば》の蔵のほうでも使えるねぇ。あっちにも人足に茶や結びを配る女中が要りようなんだけど、界隈は気の荒い連中が多いからね。手出しされないように婆さんや鉄火《てっか》な女ばかり置いているのさ」

お梅が言った。

口入れ屋から来た女中は、いわば、武家が雇う渡り中間《ちゅうげん》のようなものである。そう簡単に信用されるわけではない。なりえはそれを承知で慎重に動いている。

これほどの大店となればなおさらであろう。

この七日間、なりえも店の様子を探っていたが、なりえもまた女中頭から探られていたようだ。

「私なら平気ですよ」

むしろ蔵を検分出来るほうがありがたかった。

「だったら、あたしから番頭さんにそう言っておくよ。おっといけないお内儀さんにお茶を出す刻限だよ」

お梅が引っ込んだ。

小半刻《こはんどき》（約三十分）ほど経った。

いったん屋敷に上がり、廊下の雑巾《ぞうきん》がけを終えたなりえは、ふたたび裏庭にやってきた。湯を焚《た》いている薪が、きちんと燃えているかを確かめるためだった。

湯殿の格子から湯気が上がっている。その下に見える鉄釜の中で薪がぼうぼうと燃えていた。ひとまず安心し、次は洗濯物の取り込みだ、と屋敷に戻ろうとした。

そのとき、

「旦那様、あたし、あのなりえって女は好きませんね」

お梅の声がした。

なりえは薪小屋の陰に隠れて、耳を澄ませた。湯をかける音がする。

「ほう。なにかやったかね」

主人の孝介の声だ。また湯をかける音がする。お梅が孝介の背中を流しているようだ。

「逆ですよ。如才《じよさい》なさすぎるんです。あの手の女には、あまり家の中のことを知られないほうがいいと思います。江戸の女は油断がならないですよ」

「しかし、薩摩出の女ばかりを探すのも手間がかかりすぎる」

できれば薩摩出の女中で固めたいということらしい。お梅もそうなのか？

「しばらく、芝の御蔵のほうで様子を見たらどうでしょう。それで信用がおけるとなってから、こちらに戻してもいいのではないでしょうか」

「やけに慎重だな」

「時節柄、家の中を嗅《か》ぎまわられては困ります。薩摩の家中の者も密かにまいります。そこらあたりの話を聞かれてはなりますまい。なりえは学のある女に見受けられます。重々、気を付けねば」

「そうだな。薩摩にとっても、この西郷屋にとってもいまが正念場だ。女中が妙な勘ぐりをして噂話をされても困る」

孝介がしわがれた声で言っている。

「そうですとも。川越の仕掛けも順調なことですし。あとはじっくり時期を待つことですよ。旦那様、頼みますよ」

女中頭だけあって、お梅はこの家の内情に相当詳しいようだ。

なりえは息を呑《の》んだ。踏ん張った足が小枝を踏んだ。音が立った。

「誰、そこにいるのっ」

お梅が格子窓から顔を出した。浴衣は着ている。色を売っているようではない。なりえは、薪小屋の裏でじっとしていた。

ちょうど夕立がきた。

「旦那様、雨になりましたよ。これは本降りになりますね。駕籠《かご》舁きも早く走れないでしょうから、お支度《したく》を急ぎましょう」

お梅が先に出たようだ。廊下を走って行く音がする。

なりえは塀を伝い、隣家との間の路地に下りた。

夕立の中を両国広小路《ひろこうじ》へと向けて走る。得体の知れない胸騒ぎがした。西郷屋が何を考えているのか、まだ分からない。

だが自分は芝の蔵へと回されるだろう。

もうひとり西郷屋を張る御裏番が必要になった。座元への伝言が必要だった。

両国広小路は雨中でもごった返していた。

大道芸人たちが、ここぞとばかりに大技を見せていた。梯子を使った宙乗りだ。鳶《とび》の出初式《でぞめしき》のような芸だ。

雨に煙る中での曲芸を眺めながら、御庭番として修行していた時分の事を思い出した。稽古をつけてくれたのは母、おいえであった。

『猫の動きを学ぶんだよ。たとえば、どれだけの間口を通れるか猫は髭で測るのさ。人は髭がないから、関節を外せるようにするといい。四肢《しし》の関節を外し、筋を柔軟にすれば、たいがいな穴は通れるようになる』

と三歳の頃から手足をそっくり返す修行をさんざんやらされた。

教えは厳しかった。女として色香を振りまく母も、間諜《かんちょう》の術については厳しかった。敵方に忍びこむ術もそうだが、盗み聞きのための聴覚の鍛え方、市井《しせい》のさまざまな職に紛れ込むための知識と芝居の術も教わった。

住んでいたのは麴町隼町《こうじまちはやぶさちょう》の旗本屋敷だ。

そもそもは苗字があった。

南原《なんばら》だ。代々紀州《きしゅう》徳川家に仕える一族である。高祖父が吉宗《よしむね》公と共に江戸に出て以来の御庭番一家だ。

祖父の名は南原蔵之介《くらのすけ》。御家人《ごけにん》だったが内偵御直御用を五件も成功させたことから旗本に格上げされた。

その後を母が継いだ。南原おいえである。だが女御庭番には家格は与えられないため、旗本であることは返上した。

ただし屋敷はそのまま使用することが認められ、母には大奥から裏手当てが出た。まさに上昇志向の強い母の面目躍如《めんもくやくじょ》たるところだ。

そうなるように父を手のひらの中で転がしたのだ。

『うだつのあがらない御家人や下級旗本の妻になるぐらいなら、大物の妾《めかけ》になりなさい』

母はいつもそう言っていた。

ときの天下人の子を産み、なおかつ働く女の道を進んだのだから、まぁ、たいしたものだ。

なりえはそんな母を立ち回りのうまい女として、心のどこかで軽蔑《けいべつ》をしていたのだが、出家した尼寺でもなおかつ、家斉のために間諜を続けていることに驚いた。

なんだかんだといって家斉のために生涯を捧げているわけだ。

つまり早々に出家したのは、新将軍家慶公のもとで御庭番をする気がなかったということになる。

きちんと操《みさお》をたてているってこと？

せんだって久しぶりに会った父、家斉の言葉も胸に響いている。

『あれは、おまえの母親である前に、余の女だ』なんてさ。

天下人の癖に、洒落《しゃれ》たことを言うよ。

なんだか、そんな両親のためには、ちょっと頑張らなくてはならないような気がしてきた。懸命に走った。

両国橋の袂《たもと》に、辻立ちの講釈師がいる。

天保座の狂言回し役、羽衣《はごろも》家千楽だ。なりえがいつでも助けを求められるように、毎日ここに立っているのだ。

雨にもかかわらず、番傘を差しながら、赤穂浪士の噺《はなし》を聞かせている。ちょうど討ち入りの場を、おもしろく創作しなおして聞かせている。

千楽の赤穂浪士は四十七士の美談ではない。寝ている年寄りを寄ってたかって虐《いじ》めたひどい奴らという噺に作り替えている。

これが両国見物にやってくる爺ぃと婆《ば》ぁに受けているのだ。

佳境に入っているところなので、指で伝言する。左右の指を何とか上げ下げ

し、

『私は芝の蔵へ。本店の見張りを誰かに』

と送った。

千楽が目で分かったと頷いた。

「これは、ひどい四十八士ではござらんかっ。切腹は当然のことっ」

と締めている。

「やいっ羽衣家っ、いつから赤穂の浪人は四十八士になったんで？」

野次が飛んだ。どかんと笑いが来た。千楽はなりえの伝言の指の数が最後が八本だったので、つい間違えたのだ。

みれば野次を飛ばしていたのは、横山町の古着屋『清水屋』の主《あるじ》寿明であった。阿吽《あうん》の呼吸で野次を飛ばしてくれたのだ。

そういえば――。

なりえは、先に清水屋へ行った際に、薩摩のお侍が赤穂浪士の装束を頼んでいたことを思い出した。

あれもまた薩摩だ。

寿明に確かめたい気持ちもあったが、いまは顔を見せるわけにはいかなかった。

なりえは千楽に目で念を押し、そそくさと西郷屋へと戻った。

四

「まったくこんな財政逼迫《ひっぱく》の折に、相州《そうしゅう》警固をより固めろとは、老中も何を考えているやら」

川越松平家の江戸家老、河原小兵衛は途方に暮れていた。

このところ江戸湾に頻繁に異国船が現れるようになった。通商を求めてきているのだが、幕府の方針はただひとつ。

話など聞かずにひたすら『異国船打払令』を振りかざすばかりであった。

川越藩は文政《ぶんせい》三年（一八二〇）に武蔵《むさし》一万五千石と同じ石高の相模《さがみ》を替地《かえち》され相州警固役を命じられていた。

それまでの会津《あいづ》藩に代わり、親藩である川越藩が三崎《みさき》、大津《おおつ》、観音崎《かんのんざき》などに海防陣屋を設け、五百名をこえる藩兵を置いて防衛につとめることになったのだ。

この出費たるや、計り知れない膨大さで、藩の財政に重くのしかかっている。

しかも、昨年、米国船モリソン号が漂流していた日本人の引き渡しと通商を求めて浦賀《うらが》沖に出現し、おおわらわとなった。異国船打払令に基づき砲撃し、追い払ったのだが、このため藩兵を数千人にまで増員せねばならなくなった。そのまいまも駐留させている。

もう金がない。

本当にないのだ。

それでも老中は、海防は喫緊《きっきん》の課題と言い、さらに増員せよと言ってきた。主君、大和守斉典は、もはや早期に転封《てんぽう》を実施してもらうしかないと水野忠邦に詰め寄っているが、いまだ埒《らち》が明かない。

十三年前、時の将軍家斉の子、斉省様を養子として迎えた際、こちらから拝領金について申し出なかったのは、このとき裕福な出羽《でわ》庄内《しょうない》藩への移封の内示を受けていたからだ。

斉省様も十六になられ世子として叙任されているというのに、いまだ実現されていない。庄内藩領民の猛烈な反対を受けているせいである。

しかし幕府の威信はどこにいったのだ。一度内示した事項を沙汰《さた》止《や》みにされたのではかなわない。

もはやどう手を打てというのだ。

上屋敷の家老部屋の障子を開け、濡れ縁から空を見上げた。雨上がりの茜空《あかねぞら》に、早くも三日月がうっすらと浮かんでいた。般若《はんにゃ》の顔のように見えた。憎たらしい世の中だ。

「ご家老。住吉《すみよし》にございます」

襖の向こうから勘定方、住吉慎吾《しんご》の声がした。

「来たか」

「はい。今日は西郷屋ひとりでございます」

「通せ」

頼るところはもはやここしかなかった。

すぐに、住吉に連れられて西郷屋孝介が入ってきた。湯上りのようないい匂いがする。豪商とは昼風呂に入れるよい身分のようだ。

「西郷屋、これへ」

障子戸を閉め、小兵衛は上座に座した。

西郷屋は商人らしく深々と頭を下げ、紫の包みを差し出してきた。

「向島《むこうじま》の桜餅でございます」

「ほう」

と小兵衛は包みを引き寄せた。

「茶を淹れるか」

「はい。ですがその桜餅の包み、ここでは開けぬほうがご家老のためになります。大和守様には別途ご用意いたしまするので」

西郷屋は頭を垂れたまま言っている。

「さよか。では当家の菓子を出そう。酒を挟んで話すことでもないからな」

小兵衛は小者に声をかけ、茶と菓子の支度を伝えた。

「はい。酒席はまた別途にこちらで手配を」

西郷屋は抜け目なく会話を繋いでいる。決して自分からは頭をあげない。

「鬱陶《うっとう》しい、早く面をあげよ」

金の無心をする相手に伏されたままでは、気まずくてしょうがない。

「ははあ」

西郷屋がようやく顔をあげた。

小兵衛はお家の窮状を語った。途中で女中が茶菓子を運んできたときだけ、唐物の壺《つぼ》の話題に切り替えた。

「そういうわけで、さらに貸して欲しい」

そこまで言うのに、ずいぶんと刻《とき》がかかった。金の無心は、どれだけ回数を重ねても慣れるということがない。

それが武士というものだ。

「十万両、薩萬屋さんともども十年先払いで、お出ししたばかりでございます。川越に出した当方の店もまだ儲けは出ておりません」

思った通りの返答をしてきた西郷屋だが、その顔は穏やかだ。

「無理か」

川越の煎餅を食いながら横を向いた。金を何度も乞《こ》うのは恥の上塗りのようなものだ。もうよい。万事休すだ。

いっそ腹でも切ったほうが楽になる。

「商人《あきんど》は簡単に白黒をつけません。大変ですが、無理とも言えません。灰色を模索いたしております」

「灰色となـ」

小兵衛は、一縷《いちる》の希望《のぞみ》を得た。

「さよう。物事は灰色を探ることです」

「妙案はあるのか」

「はい」

西郷屋の眼が光った。

「申せ」

「ただし、けっして無礼討ちになどしないと約束していただかねば、申せぬ案でございます」

ひゅうと風の吹く音がする。

「そのようなことはせぬわ。ありていに申せ」

「川越藩の財政、皆さま方の手では回復する見込みがございません。用立てた十万両も危ないと考えております」

「なんとっ。そのほう当家を愚弄《ぐろう》しにきたのかっ」

さすがに頬が紅潮《こうちょう》した。

「ですから、ご無礼顧《かえり》みずに申しております。皆さまの立てる策は、歳入が苦しければ緊縮、潤えば緩和。これだけでございます。金を儲けることを考えません」

西郷屋がこちらをまっすぐに見て言った。

「武士はそのようなことは考えぬ」

「ならば、商人に任せたらどうでしょう」

「いまなんと」

そういう小兵衛の唇が震えた。

「川越藩の勘定方にこの西郷屋をお付けくださいい。五年で潤わせてみせます」

「そのほう、何を申しているのか分かっているのか」

一介の商人が藩の財政を見るなどもってのほか。

「死ぬ覚悟でここに来ております。商人にとって、貸した金が溶けるのは死を意味します。取り返すには、私が御家を潤すしかないかと」

西郷屋は涼しい顔をしている。

「すでにわが藩の特産品を一手に引き受け、十年先の担保として斉省様の一筆まで取っておるではないか」

「それもまた、返す金がなければ溶けたも同じ。商人であれば、十年無利息繰り延べであれば、その間に元金を十倍に膨らませることを考えます」

「くっ。小癪《こしゃく》な物言いをする。腹が立つ。ならばどうやって十倍に増やす」

「知恵だけをとられたのではかないません」

今度は西郷屋が横を向いた。ふたりの間を隙間風が吹いていく。

十を数えたほどの間があり、西郷屋が再び口を開いた。

「まずは五万両、用立てましょう。ただし補いではなく、儲けを出す気があるのであればです」

「だからその方法はと聞いておる」

「三崎、観音崎に当方の店を出させてください」

「あんなところは、藩兵しかおらんぞ」

「その藩兵のみなさんの生活に必要なものを売ります。また薩萬屋の船を入れ、その地で荷揚げを許ります」

「江戸までかなりあるではないか」

「相州に商圏を作ろうと思います。江戸での商売はもうてっぺんにきておるのです」

「相州など人もおらんぞ」

「ないところから始めるのが商売です。十年後、下田《しもだ》から浦賀一帯に幕府はより兵を置かなければならなくなるでしょう。二十年後はさらにその必要に迫られます。異国船と対抗するには、海岸線に兵を置くことは、すなわち町が出来るということです。川越藩はそこに領地を持っております」

西郷屋の目がギラリと光った。

「五万両は、正直ありがたい。相州での兵を維持する金子《きんす》が枯渇《こかつ》しているのだ」

「私どもに任せていただけば、相州自体を潤わせてみせますが」

小兵衛はやはり商人が見る角度は違うと感じた。

「殿に相談する。あいや説得してみせる。十日ほど待ってくれ」

「承知しました。河原様への口銭《こうせん》料、桜餅の下にたっぷり入っております」

西郷屋はまた深々と頭を下げた。

もはや逃げられぬのかも知れなかった。

「西郷屋が帰る。駕籠の門前へ」

小兵衛は襖の向こうに控えているはずの小者に叫んだ。

「はい。ご用意出来ております」

小者の平次《へいじ》が襖を開けた。見慣れぬ小者が一緒に控えている。

「その者は？」

「はい。あっしが今月でお暇をいただくので、代わりの者を住吉様に手配していただきました。鶴巻屋から斡旋された清一《せいいち》でございます」

平次に促されて、背中を丸めた男が、お辞儀をした。若いが鈍《にぶ》そうな男だった。

第三幕　すっぽん

一

海は凪《な》いでいた。

帆掛け船が何艘《そう》も行き交っている。上方や遥《はる》か長崎からやってくる荷船が多いようだ。一見、長閑《のどか》な風景に見える。

だが、ここに昨年米国船モリソン号が、忽然《こつぜん》と姿を現したのだ。

——それはそれは幕府は慌てふためいたことだろう。

相州三崎。

金田《かねだ》沖を見渡せる岩場に立った花俣伊蔵《はなまたいぞう》は、そう思った。伊蔵は薩摩威勢党《いせいとう》の密偵である。

ここは蝦夷《えぞ》でもなければ長崎でもない。江戸湊《みなと》への入り口だ。そこへ異国船がやって来たのだ。砲撃して打ち払ったというが、おそらくこのままではすまされまい。

必ず米国船はまた来る。

伊蔵は遠眼鏡を取り出し、海に浮かぶ船ではなく、浜辺近くの丘を眺めた。緑の木々に覆われた一帯がある。

川越藩の海防陣屋だ。砲台もあった。

あの陣屋を中心に三浦半島に数千人の藩兵を駐留させている川越藩だが、その財政はすでに破綻《はたん》しているという。

『揺さぶれ』

薩摩威勢党の頭目《とうもく》、鹿島十兵衛《かしまじゅうべえ》からその命を受けた。三か月前のことだ。

『来るべき倒幕の際にはこの三崎に、薩摩の船を停泊させ陣を張る』

それが薩摩威勢党の戦略だ。

倒幕し開国させることは、まだ薩摩藩の総意ではない。

島津家も外様ながら、元和《げんな》三年（一六一七）以降、松平の名を与えられている以上、徳川の藩屏《はんぺい》でなくてはならぬ立場だ。

だが、琉球《りゅうきゅう》との密貿易を通じて唐《とう》や南蛮《なんばん》の情報を他藩よりも多く持っている薩摩としては、開国はもはや防げない状況だと知っている。

むしろ通商条約を早期に交わすことで平等条約を結べると考えている。さもなくば英国に無理やり乗り込まれた清国《しんこく》の二の舞となろう。

そうした状況にもかかわらず、徳川にまったく動く気はない。

こうなれば倒幕しかあるまい。

薩摩威勢党は、藩内で密かに組織された一党ではあるが、実は藩も黙認している。その証拠に、江戸では大井《おおい》村の抱え屋敷を威勢党に使わせてくれているのだ。

いよいよそのときが近づいている。

伊蔵は陣屋を凝視した。

藩兵たちは、だらだらと棒術の稽古をしていた。

覇気が感じられなかった。

剣術ではなく、まるで舞踏の稽古をしているようなのだ。

やはり相州に目を付けて正解だったようだ。

同じく海防陣屋を構える安房上総《あわかずさ》は、御三家であり攘夷《じょうい》思想の強い水戸《みと》藩が警固に当たっているので、手出しはしにくい。

薩摩威勢党は相州には隙があるとみた。

川越藩にとって所詮《しょせん》、相州は警固のために与えられた領土に過ぎない。ここに根を下ろす気はさらさらないはずだ。

だいたいにおいて、藩主松平大和守斉典は、ときの幕閣から庄内藩への転封の内示を受けているのに庄内藩の抵抗にあい、いまだに進んでいない。相当苛立《いらだ》っているはずだ。

早くここから引き揚げたい気持ちの藩兵の士気はどんどん低下している。

揺さぶるには好都合だ。


川越藩の転封に関して、幕府は三方領地替えの手法をとった。

二藩同士の交換では利害が衝突しがちになるので、三方にすることで政治的調整を図るのだ。この場合も川越藩と庄内藩の交換では庄内藩の酒井《さかい》家が納得するはずがない。

本来、転封は何らかの不始末があった際に、減石などの処罰の一環としてなされるものである。

庄内酒井家に不始末はない。

これはあくまでも川越松平家のごり押しである。

商業が栄え、肥沃《ひよく》な実高《じつだか》が多く裕福な庄内藩へ移りたい、と時の将軍家斉に懇《こん》願《がん》したことから始まっている。

よって三方領地替えという手が登場した。

庄内酒井家に越後《えちご》長岡《ながおか》への転封を命じ、長岡牧野《まきの》家が川越に入ることになった。だがまだ動いていない。

庄内の領民が反対して騒動になっているのだ。

領民による藩主擁護《ようご》など前代未聞《ぜんだいみもん》のことであり、八代藩主酒井忠器《ただたか》の藩政の手腕が注目されているのだ。よってなかなか動かしようがない、ということだ。

相州を護る川越藩兵たちは、宙ぶらりんの気持ちを抱えたまま、勤めているということだ。せめて川越に戻りたいと思っている者も大勢いる。

あいつもそんなひとりだ。

遠眼鏡の中に、瘦《や》せて不精髭《ぶしょうひげ》を伸ばした保坂高次郎《ほさかたかじろう》の姿が映った。

伊蔵は岩場から浜へと下りた。

丘の上の陣屋から出て、浜辺を漠然と歩いている保坂高次郎に近づいていく。波が静かに寄せては引いていた。

「川越の保坂殿とお見受けする」

伊蔵が声をかけると保坂は剣呑《けんのん》さを感じたようで、目を尖らせ、すぐさま太刀の鯉口《こいぐち》に手を掛けた。

「慌てるでない。拙者《せっしゃ》、元薩摩藩士、花俣伊蔵と申す」

「元薩摩？　浪人が、なぜこのようなところにいる」

眼が泳いだ。頬がひくひくと動く。

薩摩と聞いて驚いたようだ。

「保坂殿を探しにまいりました」

静かに切り出す。

「なんだとっ」

風が少し出てきた。互いの袴の裾が揺れる。

「ご内儀の不始末について」

「なにっ」

声を張ったものの、決まりが悪いのか顔を歪《ゆが》ませた。

「ご存じのはず」

「そのほう、西郷屋の取り立てか」

「さよう。ご内儀が店先からくすねた南蛮渡来の生薬。あれはめったに手に入らぬものでしてね。西郷屋が御城に献上しようとしていたものでしたよ」

伊蔵は真綿で首を絞めるように言う。保坂の顔がみるみる蒼《あお》ざめていく。

保坂は押し黙った。歯嚙《はが》みしているようだ。陣屋から浜辺に数人の藩兵が下りてきた。

「おーい。保坂、誰と話している」

同僚らしき侍から声をかけられた保坂は、慌てて手を大きく振った。

「縁者の者だ。妻の便りを届けてくれた。心配無用だ」

近寄られては困るのだろう。保坂は泣き笑いのような顔で、そう叫んでいた。

「お認めになりましたね」

「お夏《なつ》は、そんなたいそうな薬だとは知らなかったはずなのだ。義母様《かかさま》が、流行《はや》り病《やまい》にかかって伏しての。町医者が煎《せん》じた薬でも熱は下がらず、義母様の身体は、みるみる衰弱《すいじゃく》していったそうだ」

「南蛮風邪《なんばんかぜ》でござろう」

異国船の襲来と共に南蛮渡来の疫病菌《えきびょうきん》も流入するようになった。これに対処する特効薬がこの日《ひ》ノ本《もと》にはない。

「いかにも。どうにもならないのでお夏は泣きながら、神社に参って、快癒祈願の鍾馗《しょうき》の画《え》を受けた」

「それで治れば世話がない」

伊蔵は幾分かは同情した。

「神社の帰り道、新しく出来た『川越西郷屋』の前を通ったそうだ。店先で『南蛮渡来の万病快癒の素』の札を見た。すぐ目の前に『快蘭丸《かいらんまる》』の箱があったそうな」

「それで、くすねたと。同情はするが、他人のものを盗んではならない」

伊蔵は、ここで初めて眼光を鋭くした。

「うっ」

保坂は顔を歪ませた。侍としての力量の差を思い知った顔だ。

「西郷屋も、川越の御城下に出店《でみせ》を出したばかり、御代さえもらえれば騒ぎ立てはしない。丁稚《でっち》が、走って逃げるそのほうの内儀を追いかけて在所を確かめたものの、すぐに訴えなかったのは、海防に携わるおぬしの顔を立ててのことだ」

「いくら、だっ」

保坂は無精髭に囲まれた口から泡を飛ばした。

「正札《しょうふだ》で二両（約二十万円）の品物。だが西郷屋は下代《げだい》の二十朱（約十二万二千五百円）でよいと言っている」

出来るだけ穏やかに伝えてやる。どの道、足軽《あしがる》に払える金ではない。

「高すぎるっ。……いかにお義母様の容態《ようだい》が良くなったとはいえ、それがしがすぐに払える額ではないっ。それに、それに……今度はお夏の具合が悪い」

保坂は泣きそうだった。眼は死んだ魚のようだ。

凪いでいた海が突然、荒れ始めた。大きな波が押し寄せてくる。伊蔵と保坂の足元まで濡らす。

「奥方も、南蛮風邪に罹患《りかん》したとはな」

伊蔵は保坂の目を覗き込んだ。懊悩《おうのう》の色が強く滲《にじ》んでいた。

「薩摩のために力を貸す気はないか。それによっては、至急、おぬしの家に『快蘭丸』を届けさせるぞ」

「力を貸せとはどういうことだ」

「海防陣屋の見取り図と武器の量を知りたい」

伊蔵は声を潜めた。

「それがしに間諜をしろと」

「そのほうに迷惑は掛けん。川越藩は近く庄内藩へ転封となろう。次に入ってくるのは長岡牧野家だそうだな。それまでの間にここの陣容と動きを知りたい」

「それを聞いて薩摩は何をしようというのだ」

保坂は明らかに戸惑っていた。

「いずれ薩摩もこの地を護る。そのための下調べとして知っておきたい。ただし、このことを口にすると、おぬし死ぬことになるぞ」

「強請《ゆす》る気か」

「断じて違う。川越藩が去った後のこの地における覇権争いだ。外様のわが藩が長岡藩よりも立派に勤まることを幕閣に示したい」

伊蔵は方便を使った。あたかも薩摩藩にも海防の命が下ると見せかけたのだ。

「あくまでも、川越藩兵がこの地を引いてからの話だ」

「その時期は早々に来るのか」

保坂の目に生気が戻った。

「だからそれがしが来ている。それ以上は言えぬ。おぬしは口を固くすればよいだけだ」

「どうすればよい。お夏には火急に薬が入り用だ」

保坂は落ちた。自分に直接災難が降りかからないと読んだのだろう。

「木陰《こかげ》に入って見取り図を描いてもらう。そしたら、すぐに川越の西郷屋に飛《ひ》脚《きやく》を送ってやる。明日の昼過ぎまでには、お内儀に薬は届くだろう」

「すぐに書く」

保坂は率先《そつせん》して松林のほうへ歩いて行った。

二

暮六つ（午後六時）。

吉原江戸町二丁目の『艶乃家《つやのや》』の二階座敷である。

「精力薬の『快蘭丸』が流行り病に効いたとは、それは驚きだ」

勘定奉行格、黒部重吾は扇子で膝を叩いて笑った。

中庭を挟んだ向こう側の座敷では、三味と太鼓の音に合わせて芸者が舞っているが、こちらの座敷はまだ芸者を揚げていない。

「中身はすっぽんを乾燥させ粉砕したものだそうで、南蛮渡来でもなんでもない。西郷屋は、薬種問屋ではないので、渡来品ということにしたまで」

薩摩威勢党の頭目、鹿島十兵衛が盃をあける。無頼《ぶらい》な目つきだ。だが重吾はこの男を買っていた。倒幕への志と覚悟がある。

「しかし、実際に病を治す効果があったとはな。わしも病にかかった際にはためしてみようぞ」

「いやいや、重吾様。治癒したのは偶然でござろう。流行り病に伏していた婆様も、飲んだ薬が実は男の精力薬と知ったら、さぞかし驚くでありましょうな」

十兵衛が、かっかっと笑った。

つられて重吾も笑う。

徐々に野望が前に進みつつある。

「西郷屋がこちらに就いているのは大きいな。商人は武士では到底思いつかぬえげつない策を講じる」

この度もそうだった。

家老への根回しが功を奏し、望み通り川越への出店を果たした西郷屋に、相州の海防陣屋へ出兵している足軽、御家人《ごけにん》の留守宅の様子を探れと伝えたのだ。

西郷屋は川越店開店の挨拶《あいさつ》と称して、城下の武家地や町人地を一軒一軒回り、手拭いの一本も配って歩いた。

商人は武士ほど警戒されない。

挨拶に回った手代たちは、応対に当たった中間や小者から家の事情を聞きとった。そこで保坂高次郎の留守宅に目を付けた。

妻のお夏と娘、それにお夏の母が暮らしているが、母の具合が芳《かんば》しくなさそうだった。流行り病にあい、三日も寝たきりになっている。

そこで西郷屋の手代とともに薩摩威勢党の間者が、この家を張り込んだ。

お夏は途方に暮れていた。町医者の処方薬では母親は一向によくならなかった。目の前にいる鹿島十兵衛は、江戸から名医を連れてきて、治療させるかわりに相州にいる夫に、薩摩の間者に陣屋の見取り図を渡せと取引を持ちかけようとしたが、西郷屋の手代が諫《いさ》めた。

『商いは押し売りよりも、どうやって引き付けるかでございます』

お夏が店の前を行き交うことに目を付け、手を伸ばせばすぐに届くところに『南蛮渡来の万病快癒の素』の惹句《じゃっく》の札とともに『快蘭丸』を置いたのだ。

万引きしてくれっ、とばかりの置きようだった。

お夏はまんまと罠にかかってくれた。

その日の夜から、わざと丁稚や手代が保坂の家の前をうろうろした。お夏の心に圧力をかけるための作業だ。

お夏自身も具合が悪くなり出したようだった。

案の定、翌朝、保坂の家から飛脚が出た。夫に事情を報せるに違いないとみた十兵衛は、飛脚ではなく手の中の者を送った。

忍びの心得のある花俣伊蔵である。

そして一昨日《おととい》、とうとう伊蔵が三崎の海防陣屋の見取り図を手に入れた。

「はい、我らの武力に西郷屋の知恵と財力が付けば、鬼に金棒かと」

十兵衛は妓楼に上がって上機嫌だ。

「まぁ、この座敷も西郷屋の手配だからな。懐を気にせずすむ」

重吾がぽんと手を打った。

廊下に端座していた遣手《やりて》が襖を開けた。

「西郷屋はまだ来ぬのか」

「はい。まだお見えではござんせん。ただ楼主は勘定は西郷屋持ちと心得ているので、先に遊ばれても差《さ》し支《つか》えありません」

遣手は頭を垂れたままだった。お京《きょう》という婆さんだ。

「重吾様、さては西郷屋、気を利かせているのではあるまいか」

十兵衛が膳に箸《はし》を伸ばしながら言う。

「そうかも知れぬが、床《とこ》を急《せ》くのも品がない。いましばらく待とう」

お京に目で、もうよいと告げると、すぐに襖を閉めた。よけいなことを一切言わないところがいい。

さすがは西郷屋、一流の妓楼を贔屓《ひいき》にしている。

重吾としては女郎などはどうでもよかった。権力を握る階段を昇るためには運が必要だ。その運を、女運や博打運など遊興で消費したくなかった。すべての運は、出世のために注ぎたい。

ただし目の前にいる十兵衛などは、日頃息を潜めて暮らしているため、たまには緊張を解いてやらねばならぬ。

茶屋で素性を明かさずに上がるとすれば、せいぜい中見世《なかみせ》止まりのところを、西郷屋の鶴の一声で、これほどの大見世への直登楼が叶った。

「承知でござる。西郷屋を待ちましょう。拙者も床入りを急いているわけではございませぬ」

十兵衛はやせ我慢している。

「しかし、十兵衛よ。脇役ばかりの人生はもう飽きたのう。二千石から三千石へ加増されても、所詮は奉行止まり。大名にあらざれば、老中に入れぬとは理不尽《りふじん》なことよな」

重吾は話の先を変えた。

本音である。

老中は二万五千石以上の譜代《ふだい》大名からなる、と決まっている。

松平、水野、酒井、堀田《ほった》……そうした名家が世襲のように老中を出している。これも繁文縟礼《はんぶんじよくれい》の弊害《へいがい》である。

どれほど能のある官吏《かんり》でも、旗本では奉行にしかなれないのだ。しかもそれにも三千石の家格が要る。黒部家はいまだ二千石であった。

「御意《ぎよい》。徳川の世では、わが薩摩などいかに雄藩ともてはやされようが、外様は外様。幕政参画はかないませぬ。そのうえ、よかれと思って注進すれば『薩摩に謀反《むほん》の兆しあり』などと煙たがれる」

十兵衛も頷く。

ここが互いに気脈を通じたところである。

重吾は酒肴《しゅこう》の鯛《たい》に箸を伸ばした。

「さよう。名家の方々もみな狭量《きょうりょう》でござる。自分たちに取って代わる者が現れては困るからだ」

苦々しく言った。

「水野様でも同じでござるか」

「結局は同じよ。それがしを重宝《ちょうほう》するのも、水野様の目障《めざわ》りになることがない家格の低い家の出だからさ。黒部の家は元は一千石。父が勘定方として頭角を現し、その手柄をときの老中にすべて差し出したので、千五百石に加増された。それがしも同じように、謹厳《きんげん》に勤め、二千石の勘定奉行格にまで上げてもらったまで」

「その地位まで上がられるのは、容易ではなかったはず。重吾様の刻苦勉励《こっくべんれい》の賜物《たまもの》かと」

十兵衛が持ち上げてきた。

「しかしこの地位に就いていかに幕府の勘定が出鱈目《でたらめ》すぎているか気づいた。破綻しているといってもよい。水野様たち御老中たちも、よくよく分かっている癖に、御自分たちの在位中は幕庫の枯渇には蓋をしておこうと決め込んでいる。もはや先はない」

　心の中にある本音を吐き出した。すっとする。

　重吾は立ち直させられるのは自分しかいないと信じていた。

「水野様がお上に進言しているという大改革案も、絵に描いた餅と言われていますな」

　十兵衛が笑う。

「あんなもの世のためでも民のためでもないわ。ただただ大御所とは異なる策を打ち出すことで家慶公の歓心を買おうとしているまでのこと。同じでは新将軍の特色を出せぬからな」

　重吾は吐き捨てるように言った。

　裏を返せば、老中首座にまで昇りつめ執政者となれば、はじめて己の案を通すことが出来るようになる。

「こたびの西郷屋の川越藩への貸し出しも、水野様は単に大御所に恥をかかせられる、と思っているのでしょうな」

　十兵衛の言う通りなのである。

　御子息を養子に迎えた由緒ある川越松平家が、商人からの借金で首が回らなくなったとなれば、大御所にとっては一大事。

家慶公に泣きついてでも幕庫から出させようとするだろう。

だが、すでに水野忠邦は家慶公に幕庫は枯渇したと言いきっている。勘定奉行も気が付かぬように、重吾が帳簿操作しているのだ。

「さよう。我らの真の魂胆には気付いていないわな」

そう言うと十兵衛が今度は大声をあげて笑った。重吾は手酌《てじゃく》で注いだ酒を呷る。

「われらの本音は川越藩を実質的に支配すること。そうなれば江戸の裏庭を抑えたことになりまする。そのうえ相州の海防陣屋の見取り図も手に入れた。威勢党はいつでも上陸できまする」

「倒幕が一歩近づくのう」

「はい。島津幕府が開府した折には、黒部様が老中。我らは番方として支えます。この約束に嘘はございません」

重吾が十兵衛や西郷屋と出会ったのは五年前のことになる。

勘定方として長崎奉行所のある調べの応援に行った際のことだ。

唐や和蘭《オランダ》と交易をする西郷屋の帳簿を綿密に調べて欲しいとのことだった。密輸入の疑いだ。

長崎奉行が疑いをかけた発端《ほったん》は、唐人屋敷の娼館《しょうかん》で働く女郎からの密告だった。やけに派手に遊ぶ清の商人同士が唐語で話をしているのを聞いたという。英国から入ってきた阿片《あへん》をこの国に持ち込んで大儲けをしているという。

それを受けているのが、長崎に出店を持つ西郷屋だという。女郎は唐人の言葉を理解していたが、知らぬふりをして働いていた。長崎奉行の同心に伝えたほうが銭になるからだ。

そこで長崎奉行は、抜き打ちで西郷屋の受けた船荷を検《あらた》めた。だが出てきたのは正真正銘の精力剤だけだった。

だが女郎の話にも信憑《しんぴょう》性があった。

羽振りがよすぎるのだ。その唐人商たちの西郷屋との取引を終えた直後の遊び方は半端なく、娼館を総揚げにして遊んでいたという。

裏帳簿があると見た長崎奉行は、勘定奉行に絡繰りを見破る泰斗《たいと》を要請した。向かわされたのが重吾である。

長崎奉行所が押収した西郷屋の帳簿を、重吾は克明に調べた。商人は取引の経緯《いきさつ》は必ず残す習性がある。表帳簿に付けていなくても、必ず別に記録しているものだ。

——帳簿は真実を語る。

その信念に基づいて重吾は徹底的に探した。

そして遂に怪しい勘定科目を見つけた。

飛脚への支払いだ。

唐からの荷が入った直後に必ず、飛脚への支払いがあったのだ。

当然、入荷と関連があるのではないかと疑った。

どこかに飛脚を飛ばしている?

重吾は密かに飛脚屋を訪ね、書状の行先を聞いた。

受取人は薩摩の鹿島十兵衛であるという。

それが裏帳簿に関するものだという確信はなかったので重吾は長崎奉行にはすぐには伝えず、自分の目でたしかめることにした。

次の入荷を待った。

西郷屋が荷を受け取った二日後、やはり飛脚が出た。

重吾はこれを国境《くにさかい》の峠で御用検めとして、書状を確認した。

『膃肭臍の陰茎の粉末代金、肩代わり支払い済候。金二百両（約二千万円）』とあった。

　これだった。二百両もの荷は、西郷屋に入っていない。誰かが別に受けていたのである。

　飛脚は中身を知らない。すまなかったな。重吾は、

『何も問題はない。すまなかったな。それがしの取り越し苦労であった。次の宿場で継ぐ飛脚には検めの件、伝えてくれるな』

と一朱（約六千二百五十円）を渡した。

　奉行所と揉《も》め事を起こしたくない町飛脚は、この口止めを守ったはずである。

　その後も西郷屋の長崎店は荷を受けるたびに町飛脚を出した。

　それが西郷屋なりの裏帳簿だったのだ。飛脚を出した記録がおそらく出金簿なのだ。それを裏付けるように、飛脚の代金の横に小さな点が打ってあった。点ひとつが百両。二年前からふた月に一度の割でこれがあり、だいたい点がふたつであった。

　長崎奉行には問題はないと伝え、江戸にもどった。

　ある日両国の西郷屋に出かけ、主の孝介にそれとなく訊《たず》ねた。強請るつもりで

あった。百両は取れると踏んだのだ。

『薩摩の鹿島十兵衛なる者との関係を知りたい』

西郷屋は顔色を変えた。

その夜のうちに柳橋の料亭で接待された。そこに十兵衛も現れたのだ。西郷屋からあっさりと百両の重箱を渡されたが、話はそれだけではなかった。

十兵衛が言った。

『徳川の世から島津の世に変えたいと考えております。誰かが、何処かで天下を変えなければ、政治《まつりごと》に携わる者は限られます』

それから訥々《とつとつ》と新しき世について語り始めた。

重吾はその話に惹かれた。

西郷屋が唐から買っていたのは、阿片ではなかった。英国の大砲である。海上で取引をし、琉球に預けていたのだ。その代金を西郷屋が長崎で決済していたのである。

重吾はひとつの座組が構築されたと思った。それは天の声のようでもあった。

重吾が幕閣の中で、老中たちを動かし、薩摩が兵力となる。そして資金は西郷屋が提供する。

大望《たいもう》が成就《じようじゆ》された際には三方がそれぞれ得を取る。

執政は重吾が。軍事は十兵衛が。商売は孝介が支配するのである。

「十兵衛。島津様には、京の公家《くげ》衆たちと和歌《うた》でも詠《よ》んでいただこうぞ。蹴鞠《けまり》もよろしい。将軍とはそういうお役目でよろしかろう……」

重吾はいい気分になっていた。

「はい。開国に進むには、幕僚と幕軍と商人が一体になって当たらねばなりません。これまでの世襲でその地位についた方々では、とても勤まりませぬ」

十兵衛がさらに持ち上げてきた。

こいつに軍を任せるのは、徳川を倒すまでだ。それ以上、力を持たせたら危険すぎよう。腹の中ではそんなことを考えていた。権力闘争は狐《きつね》と狸《たぬき》の化かしあいだ。おそらく十兵衛も全軍を掌握《しようあく》したならば、重吾はもとより島津にも弓を引く気でいるだろう。

「して、重吾様、二の丸には間者には出来申しましたか」

十兵衛が重ねて聞いてきた。さりげなくこちらの情報も得ようとしている。まあよいわ。

「本丸時代から大御所についている大奥の中﨟《ちゅうろう》、梅沢《うめざわ》がこちらに寝返った。大御所側室のお美代《みよ》の方の癇気《かんき》にはうんざりしたようだ。また父、日啓《にっけい》の寺にあらたな僧坊を建立《こんりゅう》して欲しいとねだっているそうだ」

「まっこと、大御所は一代で、幕庫を潰す気でござろうか。いまだ息災でござるのですか」

「梅沢の話では、精気旺盛《おうせい》、いまだに女色《にょしょく》に目がないそうだ」

「ということは、川越に養子に行かれた斉省様にもその気《け》はあるのでしょうな」

「あるだろうな。梅沢を使い、母親であるお以登《いと》の方に斉省様の側室を取らせるように仕向けておるところだ」

世子松平斉省をうまく掌中《しょうちゅう》に入れれば、ことはよけいに進めやすくなる。重吾はそう思っている。

「ならば、それがしのほうからも霊南坂の上屋敷にも仕掛けましょう」

十兵衛が卑猥《ひわい》に笑う。

そこで襖の向こうから遣手の声がかかった。

「西郷屋様がいらっしゃいました」

「おう、通せ、早う通せ」

十兵衛が嬉しそうな声をあげた。

「ならば、遣手。芸者も揚げてくれ。半刻ほど遊んだら床にはいる。段取りを頼む」

重吾が言うと遣手のお京は『畏まりまして』と階段を降りていった。

入れ違いに西郷屋が上がってきた。

三

西郷屋に奉公にあがって十五日が過ぎた。

なりえは芝の蔵屋敷勤めとなっていた。唐物全般を扱う大店とあってさすがに、大きな蔵を構えていた。

間口十間。奥行きは三十間（約五十五メートル）もある蔵だ。切妻《きりづま》屋根に海鼠《なまこ》壁《かべ》。丸に西の紋が屋根の下に大きく掲《かか》げられている。

二階が帳場になっており、ここに手代がふたりと丁稚が三人詰めている。

手代は五十がらみ。両国の店で御役御免となった後に、蔵の荷の出入りの確認と記帳だけを任されているのだ。

る。鬢《びん》はほとんど白髪で痩せてい
茂助《もすけ》と太吉《たきち》だ。茂助のほうがやや年長に見える。鬢《びん》はほとんど白髪で痩せている。太吉は、その名の通り太っており、髷《まげ》が結えないほどに禿《は》げあがっていた。

なりえの仕事は蔵の掃除と炊事だが、筆がそこそこ出来るので記帳の手伝いもすることになった。

丁稚たちに手伝わせながら、人足たち用の炊き出しを作るのが結構重労働だった。

すぐ目の前が芝の湊だ。

そこに今朝入って来たばかりの廻船問屋『薩萬屋』の弁財船《べざいせん》が二艘も並んでいる。長崎からの荷ということだった。

人足たちがさっそく荷揚げを始めた。

縦横半間（約九十一センチメートル）四方の木箱だ。どれも同じ大きさで表面に番号の焼き印が押してあり、人足は二人一組で運んでくる。

手代がふたり並んで、運ばれてくる木箱の置き場所を差配している。

「五番の箱は一番奥だ。でぇじな壺が入っているから揺さぶるんじゃないぞ。十二番は手前の棚の脇に置いてくれ」

太吉が人足たちに大声で指示を出し、茂助が番号と品物を記した台帳に朱色で〇を付けていく。入荷という意味だ。

出荷されると、朱色で文字の上に一本線が引かれる。その線が引かれた箱はすでにここにはないということだ。

箱にはすべて南京錠《なんきんじょう》が掛けられていた。錠は出湊の際にかけられ、船員が中を覗くことは出来ない仕組みだ。

なりえは荷を運び終えた人足たちがひと息つけるように、塩結びと味噌汁を縁台に並べ始めた。丁稚が七輪の上に鍋を載せた。

賃金を安く抑えている代わりに、結びと味噌汁を出すのが、この蔵のしきたりなのだそうだ。それで女手が入り用なわけだ。

「十八番はすぐに出すので手前に」

太吉が声を張った。見ると円に十八と焼き印を押された箱の上に『下』と小さく筆描きされていた。

下？

お上からの命令？　というわけでもあるまい。

「茂助さん、十八番は今日中に取りに来るのかい」

「いや、明日だそうだ。明日の早朝に来る。二十番と一緒だ」

「えっ、二十番も下《しも》ですかい」

「いいや、甘《あま》だそうだ」

帳面を見ながら茂助が答えている。

あま？

なりえは手に塩を振り、白飯を握りながら耳だけはふたりの会話に集中させた。

「えっこらしょ、どっこらしょ。なんだなんだ、この箱はやたら重てぇじゃねぇか。やい、与太郎《よたろう》、もっと上げろよ」

人足のひとりが大声をあげて、よたつきながら木箱を運んできた。顔は真っ赤だ。

二十番の箱の上には『甘』と墨で書かれている。

なんだ？

ひょっとして、かすていら、か金平糖《こんぺいとう》だろうか。ちょっとわくわくした。

「よし、そこの十八番の横でいいぞ。そっと降ろせ」

太吉が命じた。

ほどなくして真四角な木箱三十個が、蔵の左右に綺麗に並べられた。

約十人の人足たちが、汗を拭きながら縁台の前にやってきて、塩結び二個と椀に入った味噌汁を取っていく。

人足たちは褌《ふんどし》に半纏《はんてん》を羽織っただけの姿で、いずれも汗みどろだ。腰から下などは泥だらけだ。

「ひとり二個までだよ。三個はだめだって。お椀もちゃんと返してくれないと、給金から抜くよ」

なりえは声を張り上げた。三日目なので慣れたものだ。

「分かっているさ。ここに来るのはおっかねぇ女ばかりだな。まぁ、あんたは三津より愛嬌《あいきよう》があるんじゃねぇか」

「あぁ、前にいた三津は愛嬌がねえどころか、すっぽんみたいにしつこい女だ。一度、給金のことで難癖付けたら、とことん嫌がらせしてきやがった」

人足たちは、そこらの地べたに座って、賑《にぎ》やかに語らいながら食べていた。

そこに町駕籠がやってきて、女が下りてきた。

「なんだい、あたしのどこがすっぽんさ」

なりえと同じ年ごろだが、妙に婀娜っぽい。

「あれ三津ちゃん、早いね。もう引き取りかい」

太吉が女に声をかけた。なりえの前任者らしい。

「引き取りは明日だって。旦那に先に荷の確認だけして来いって言われてね。茂助さん、台帳あるかい」

「あぁ、ここにある」

と茂助があっさり台帳を渡した。いかに隠居に近い身の手代とはいえ、女中のほうが偉そうに見えて奇妙だ。

「あら、あんたがここに飛ばされた女中かい？」

三津が炊き出しの縁台の前で、なりえを認めた。一瞥《いちべつ》された、という感じだ。

「飛ばされたとは思っていませんよ」

本来は、軽く受け流すべきところだが、なりえはおもわず軽く突っかけてしまった。三津から放たれる『偉そうな』気配が気に入らなかったのだ。特になりえは目下に対して横柄《おうへい》な態度を取るのが好きではない。

「あら、ここが気に入ってんの？」

三津は顎《あご》をしゃくった。あっちもなりえが気に入らなそうだ。

「そうよ、女中頭にいろいろ皮肉を言われるより、ここでひとりで働いていたほうが気ままでいいってものだわ。茂助さんも太吉さんもいい人ですからね。近くに長屋を用意してもらっていますから、本店の大部屋よりも遥かに寝心地がいい」

蔵には茂助と太吉が寝泊まりしている。爺さんだが男であることに変わりない。

西郷屋は芝の蔵に勤める女中には、蔵から近い裏長屋を一軒用意してくれていた。

「あんたも言うわねぇ。ぐだぐだ言うのは女中頭のお梅だろう。あの女、大旦那に取り入って妾になる気だよ。叩き出したいねぇ。そうかいお梅が嫌いかい。それならあたしと組めるわよ」

三津の表情が柔らかくなった。

敵の敵は味方。

そういう感情が芽生えているような顔つきだ。

「組む？」

なりえは聞き返した。

「お梅を追っ払うのさ。あんな下心のある女をのさばらせておくと、いずれ身代を取られることになる」

「そう言うあんたはただの女中と違うのかい」

なりえはさらに突っかけた。

「あたしゃ、いまは女手代だよ。旦那に直接言われたことだけやっている。おもに調べ物だよ」

三津が台帳を手にしたまま腕を組んだ。互いの目と目の間に火花が散った。

「なりえちゃん、本当だともさ。三津ちゃんは、ここでの働きが認められて、女中から手代になったんだよ。薩摩のお侍さんたちにも人望があってね」

茂助が割って入ってきた。争いごとを好まない事なかれ主義の典型のような爺さんだ。番頭格にもなれずじまいで蔵番に回されたのは、そんな性格からだろう。

「茂助さん、よけいなことは言わないで。薩摩は西郷屋の大得意だよ。迂闊《うかつ》に口に出さないで」

三津は結びを頰張っている人足たちのほうを睨みながら言っていた。

「そうだったな。いやすまない」

年長の茂助が頭を掻くと、横に立っていた太吉も決まり悪そうに下を向いてしまった。

この女、相当仕事が出来ると見た。

「箱の中身、確かめてくるから。誰も入らないようにね」

三津は、蔵の中へひとりで入って行った。

「茂助さん、錠前はあの女手代が開けるんですか」

人足の全員に結びと味噌汁を渡し終えたところで、なりえは聞いた。

「そうだよ。ここには鍵はない。わっしらは箱の番号と中身を書いた台帳で突合せはするが、中身を見ることはない」

と茂助が答え、

「だから、気が楽なんだ。出し入れしやすいように並べ、あとは番をしていればいい。なまじ中身なんか知らんほうがいいんだよ」

と太吉が加えた。

そういう性格のふたりを番にしているのだろう。つまりは見られては困る荷もあるということだ。

小半刻して三津が出てきた。

「検めたよ。間違いないと旦那に伝えておく。十八番と二十番は、明日六つ（午前六時）に本店が荷船を寄こす。人足を用意しておいておくれよ」

「荷船は別々かい」

「あぁ、行先が違うからね」

三津はそう言うと、なりえに近付いてきた。

「あんた。明日の八つ半（午後三時）ぐらいに、増上寺《ぞうじょうじ》にでも出掛けてみないかい。ここと長屋の往復ばかりじゃ息が詰まるってもんだろう」

「汁粉でも奢ってもらえるんですかい」

「まぁ、先にここに勤めていた者として、奢ってやるよ」

「茂助さん、その刻限に出ても構いませんかね」

「構わんさ。明日は朝のうちに荷を出したら、他にすることはない。掃除だけしてもらったら、あとは好きにしておくれよ」

話はすぐにまとまった。


その夜。

月が雲に隠れた頃合いを狙って、なりえは蔵に戻っていた。

二階の帳場の奥に蔵番の宿直部屋がある。茂助と太吉は交替でそこに寝泊まりしている。丁稚三人も一緒だ。

女のなりえだけが近くの長屋から通っているわけだ。

忍びの黒装束で来ていた。

まず蔵の正面扉の錠を開けた。これでも元御庭番だ。南京錠ぐらいは、五寸釘《くぎ》の一本もあれば開けられる。

重い扉を音もたてずに開けた。暗闇だけがそこにあった。

扉を閉める。木と黴《かび》の匂いが漂う中で、火打ち石を打ち、強盗提灯《がんどうちょうちん》に火を灯す。

ぱっと光の筋が伸びる。

十八番と二十番の箱はすぐ目の前にあった。

十八番から取り掛かる。

『下』と書かれたほうの箱だ。

南京錠の鍵穴に今度は三寸の釘を差し込み、探りを入れた。仕組みは頭に入っている。ある一点を探し出し、そこを上にあげる。

かちゃりと鍵があがった。

蓋を開ける。木屑《きくず》の中にいくつもの六合徳利《ろくごうどっくり》があった。下り酒のようだが、中身を調べると火薬であった。この徳利を投げつけ、火を放てばたちまち爆発を起こす。

唐物屋がなぜこんなものを？

火薬の徳利だけではなかった。阿片だ。

背筋が凍った。

続いて二十番を開ける。

『甘』と書かれた箱だ。

こちらも中は木屑で覆われていた。糠床《ぬかどこ》に突っ込む気分で、手を入れる。硬い鉄に触れた。筒のようだ。引っ張り上げる。

洋式鉄砲だった。

なりえは木屑を掻き分け中を覗いた。二十丁は入っている。人足たちが重いと嘆いていたわけだ。

中身は分かったので、すぐに元の状態に戻し、蓋を閉めた。錠も掛け直す。

西郷屋が武器を扱っていることは明らかだ。

——しかし。

長崎を出港する前に、奉行所の検めがあったはずだ。というよりも唐人が荷を降ろした段階で、調べられているはずである。

どこですり抜けた？

いずれにせよ、西郷屋がとんでもないものを江戸に入れていることは明白。

すぐに蔵を出た。月がすっかり隠れていた。墨を幾重《いくえ》にも刷いたように。

そっと錠を閉める。

和清に報せねばならない。

なりえは浜町に向けて闇を切り裂くように走った。

四

芝湊近くの長屋から増上寺までは、半刻ほどかかったが、八つ半には間に合った。御庭番の足を使えば、その半分の刻限で到着出来るが、日のあるうちに、しかも町娘風の継ぎ接ぎだらけの小袖の裾をまくって走るのもどうかと思った。

御庭番走りは、やはり黒装束で闇の中でなければ、人目に付きすぎる。

秋晴れだ。鰯雲《いわしぐも》が流れていた。

浅草寺《せんそうじ》と並ぶ江戸の名所とあって、増上寺は縁日でもないのに混んでいた。

八つ半という時刻のせいか侍の姿が多い。

千代田の城勤めの侍も、諸藩の江戸屋敷に詰める勤番侍も、勤めはおおむね八つ（午後二時）までだからだ。

とくに参勤交代で在府中の侍は、帰国するまでに名所めぐりに明け暮れようとする。

「こしたら本堂なんて見たごとねぇべ」

「んんだ。おらほの藩の天守閣より立派だべし」

奥州《おうしゅう》弁のふたりの侍が、本堂を見上げていた。お国訛《なま》りが飛び交っているのも名所ならではの光景だ。

浅草寺や増上寺に来れば、諸国の方言を聞くことが出来る。なりえは御庭番の修行時代、母と一緒にここにきては耳を澄ませて、どこの国の言葉も聞き分けられるように学んだものだ。

本堂の脇に風車を売る屋台があった。

格子状の飾り棚に五十基ほどの風車が取り付けられ、一斉に回っている。

赤、青、緑、黄、白、三色や五色の風車が、こちらを向いて回っている様子は圧巻だ。そこが三津との待ち合わせ場所だった。

退屈なので一本買った。赤と黄と緑の三色の風車だ。

そよぐ秋の風に向けて回していると、三津がやってきた。八つ半の鐘からはだいぶ遅れている。

風車が回るのを眺めて暇を潰した。

「待たせたねぇ」

相変わらず横柄な口の利き方だ。

「帰ろうと思っていたところよ」

どうもこういう女には突っかかってしまう。なりえは風車を簪のように挿した。

「あんたのことは鶴巻屋が請け負っているっていうけど、どこの出だい」

境内《けいだい》の隅にある屋台の茶屋に向かいながら、三津が聞いてきた。これも高飛車な物言いだ。

「大きなお世話だね。鶴巻屋の爺さんに聞いたらいいだろう」

鶴巻屋では、都合のよいようになりえの身の上を作り上げている。さる大名と深川《ふかがわ》芸者の間に出来た落し子ということになっていた。

芸事に向かないので、それまでは料亭の仲居だったという物語が出来ている。満更《まんざら》嘘ではない。

大名が先の将軍ということだ。

「まあいいわ。昨日帰ってから旦那にそれとなく聞いたら、お梅がね、あんたのこと如才がなさすぎるって告げ口してたんだよ」

その話ならなりえも湯殿から漏れてきた会話で聞いている。

「そう思われても仕方がないよ。あたしも深川の料亭で仲居をやっていたんで、多少は目端が利くところはあるもんでね」

こちらもぞんざいに返す。

「お梅はさ、あんたがあたしのように旦那に気に入られて、女手代にされたら困ると思って、芝の蔵に飛ばしたのさ」

茶屋の入り口の縁台に腰を下ろす。

爺さんと婆さんのふたりでやっている茶店だった。奥の丸椅子に千楽と雪之丞が座っていた。千楽は得意の薬売りに、雪之丞は大工に化けていた。脇に大きな道具箱を置いている。ふたりはぼた餅と煎茶だ。

「汁粉でいいかい」

「悪いわね」

三津が注文するとすぐに腰の曲がった婆さんが、よたよたと運んできた。一口すする。黒漆《くろうるし》の椀に入った汁粉は思ったよりも濃厚で美味《おい》しかった。小豆《あずき》をけちっていないということだ。

「あたしは、お梅みたいに色で旦那にとりいったんじゃないよ。蔵でいろいろ頑張ったのさ」

三津が匙《さじ》で汁粉を掬《すく》っている。

「どう頑張ったんですか。こつがあれば聞かせてほしいもんだわ」

「ただじゃ聞かせられないねぇ」

「みたらし団子、食べますか。そっちはわたしが払うわよ」

「そういうことじゃないよ。あんたが、どういう素性か分からないと、下手に出世させられないじゃないか」

三津の眼が光る。

品定めしている目だ。

「どうせ調べはついているんだろう」

「親藩の大名かい？」

やにわに聞いてきた。

「外様だって聞かされているよ。もっとも母親も死んじまったから、どこまで本当か知らないけれどね。私は置屋で育ったようなもんさ」

深川の置屋には手を打ってある。鶴巻屋の仕事に抜かりはないのだ。

「本当だね」

三津はずるずるっと汁粉を啜《すす》った。

「そういうあんたはどうなんだい。他人《ひと》の素性ばかり聞き出そうとしているけど、わたしはあんたのことを知らない」

今度はなりえが目を尖らせた。

「花街育ちとあって、あんたもたいした玉《たま》だねぇ。そうね。組もうと言った以上はあたしも、素性をさらさないとね。おっとせっかくだからみたらし団子も一本ずつ、もらおうか。いや、これもあたしの奢りだよ」

と三津はぽんと胸を叩き茶を飲んだ。

「壺振りとかそんなことでもしていたんじゃないですか」

なりえが適当に返すと三津はげぼげぼと噎《む》せた。

「あんたねぇ。私はこれでも芸者の出だよ。あんたがなれなかった人気芸者おまんだよ」

三津が白状した。そんなところだと思ったのだが、胸の内では焦った。深川だと丸かぶりになり深掘りされることになるかも知れない。

「深川じゃないですよね」

先回りして聞く。

「丸山だよ。丸山おまんといったら、知らない遊び人はいなかったさ」

三津は帯に挟んだ煙管と煙草入れを取り出し、葉を詰め込んだ。

「それどこですか」

咄嗟に思い浮かばなかったので聞き返した。

「長崎の丸山だよ。ちょっと江戸とは趣《おもむき》が違う花街さ」

「長崎の出とは」

なりえはただ驚いたような顔をした。昨夜見た火薬や鉄砲が脳裏に浮かんだが、悟られないように努めた。

「出は薩摩だよ。坊津《ぼうのつ》って辺鄙《へんぴ》なところさ。五つで売られて長崎の丸山にね。ただ女郎にならずにすんだのは、女衒《ぜげん》が芸事に向いていると太鼓判を押してくれたからよ。三味も舞いもすぐに覚えた。筋がいいと言われて、芸の道に進んだわけさ」

「わたしとは真逆だわね」

みたらし団子が来た。餅が温かく、これも一口食べて満足がいった。

「それでどうして江戸へ」

今度はこっちが根掘り葉掘り聞く番だ。

「薩摩のお侍に勧められたんだよ。芸者は辞めにして江戸で働かないかってね」

「それで西郷屋とは、割に合わない話だね」

尋常《じんじょう》ならそう思う。

「江戸に出られたらどうにでもなると思ったのさ。丸山芸者も悪かない稼業だけど、一生西海しか見られないのもつまらないだろう。せっかく江戸に上がれる機会があるのに、見逃す手はないとね。西郷屋でもほらこうして、出世した。しくじったら、場末の置屋の門でも叩くよ」

三津がぱっと煙を吐く。なりえの髪に挿した風車がくるくると回る。

初めて見たときから、妙に婀娜っぽいと思ったのは花街上がりのせいだと分かった。だが、何処か不自然さも感じた。

西海の訛りがないのだ。

三津の言葉の調子は、どう聞いても江戸の町育ちの口調だ。御庭番として耳を鍛えた者としてそれは断じることが出来る。

とはいえ、ここはこれ以上突っ込まない。

ちらりと奥の千楽を見た。欠伸《あくび》をしていた。三津の話は聞いていたはずだ。雪之丞は大福を食べている。

「たいした度胸だね。それで、いったいどうすれば女中から手代にまで上がれるんだい。こっちの素性も一応話したつもりだけど。あたしは芸も筆もたたないよ。出来るのは力仕事だけさ」

「人たらしを覚えることだよ。あたしは薩摩のお侍に気に入られた。けど色は売っていない。その侍にとって都合のよい働きをしたまでさ」

「さすが元芸者だね。私にはそんな器量も腕もないよ。ごらんのとおりやっちゃばな女だよ」

なりえは不器用な女を演じた。

「いやその度胸があれば出来るよ。どうだいあたしと一緒に、あるお屋敷の奉公に上がって、西郷屋の女手代なんかよりも、もうひとつ上を狙ってみないかい。女だって、要領よく動けば出世の途《みち》はあるさ」

「あるお屋敷とは」

「そいつは簡単には言えないね。よく考えて返事をおくれよ。けれどもやるとなったら肚《はら》を括《くく》っておくれよ」

三津はもう一服つけた。

「うーん『あるお屋敷』というだけじゃ、肚の括りようもないってもんだわ。どんな屋敷なんだい」

「お武家だよ。それも大名だ。そこに入って気に入られるように振舞う。あたしひとりじゃ怪しまれるから、あんたと一緒にあがりたい。まぁ今日のところは、そこまでだね」

煙管の先から出た煙が秋空に舞った。

「分かったわ。奉公人から側室の座を狙おうって魂胆《こんたん》だね」

「いま大奥でふんぞり返っている女たちだって、元をただせば奉公人だったというのが沢山いるだろ」

三津が嫣然《えんぜん》と笑う。

なりえは母を思い出した。あえて退いた女もいるのを世間は知らない。

「一晩考えてみるよ。色よい返事をするつもりだよ。三津さん」

なりえはここで初めて三津に『さん』をつけた。

「そうかい。汁粉と団子を奢った甲斐《かい》がありそうだね。それじゃなりえちゃん、明日またあたしのほうから蔵に出向くよ。そのときでも返事を聞かせておくれ。先に行くよ」

三津が縁台に銭を置いて立ち去った。

なりえは本堂の前に進み、手を合わせた。本堂の裏側には親戚たちが眠る墓がある。

ここに眠る九代将軍徳川家重は、父の大叔父だ。曽祖父《そうそふ》の吉宗と祖父の家治は寛永寺《かんえいじ》のほうに眠っている。

ここまで寛永寺には、四代家綱《いえつな》公、五代綱吉《つなよし》公、八代吉宗公、十代家治公の四人が眠り、増上寺は二代秀忠《ひでただ》公、六代家宣《いえのぶ》公、七代家継《いえつぐ》公、九代家重公のやはり四人が眠る。

神君家康公は久能山東照宮《くのうさんとうしょうぐう》に埋葬され、日光《にっこう》東照宮の祭神となった。三代家光公は輪王寺《りんのうじ》だ。

こうなると次に死ぬだろう父家斉は寛永寺で、兄の家慶は増上寺ということになるのだろうか。なにごとにも均衡《きんこう》を取りたがる徳川家のことだから、そうなるだろう。

そんなことを考えながら、わが身と天保座の安泰を祈願した。一応、徳川家の血筋ではあるが、天下安泰を祈願する立場ではない。

祈願を終え、山門を出た。

蔵に向かう道を歩いた。武家地を過ぎて町人地に入ったところで、背後からいきなり、風圧が迫ってくるのを感じた。

振り向くと力士がふたり両手を前に出して突進してきていた。

「うっ」

避けきれなかった。なりえは前のめりに突き飛ばされた。土を舐《な》める。

「おいどんがとどめをさす」

薩摩弁が聞こえた。

巨漢力士がなりえの背中に飛び乗ってこようとしている。二十五貫（約九十三キロ）はある。いやもう少しあるかも知れない。

「その上からおいどんも乗るでごわす」

もうひとりも言っている。同じぐらいの巨漢だ。合わせて五十貫。地面に伏した状態で、力士ふたりに飛び乗られたら、するめになってしまう。

なりえはひとりが飛んだところで、するりと横に転がった。

「わっ」

力士が地べたに腹ばいになった。箪笥《たんす》がひとつ倒れた感じだ。土埃が舞う。転がったなりえが天水桶の山にぶつかり、がらがらと桶が降ってくる。

もうひとりの力士の頭や肩に桶が当たった。

「くっ、このあま、裸にして、股裂《またさ》きにしてやる」

立っているほうの力士の顔は真っ赤だ。

なりえはこれは三津の手先だとすぐに分かった。間者ではないかと疑っているのだ。

倒すのは簡単だった。金蹴りのひとつも見舞えばいい。

けれどもそれでは、どこにでもいる町娘ではなくなってしまう。

運よく逃げられた。そう演じねばならない。

前に材木屋があった。店の前に丸太や太めの竿竹《さおだけ》が林のごとく立っていた。

なりえは立ち上がり、よろめくふりをして青い竿竹に肩をぶつけた。

「うわぁああ」

ばらばらと倒れてくる竿竹が力士の身体を覆った。太い足にからまり、力士が転ぶ。弾みでその上に竿竹がさらに落下し、道はごちゃごちゃになった。

なりえもよろけた演技をつづけ、向かい側の家の戸板にも体当たりをし、外した。

竿竹の上にさらに戸板が重なる。

これでさらに後ろから追手が来ても道は塞《ふさ》がれた。

安心したのも束《つか》の間《ま》、前方からも力士が走ってきた。三人だ。挟み撃ちだ。

「ちっ」

こうなると、肚を括って押し潰されるしかないようだ。

反撃したいのは山々だが、それでは三津に素性を伝えるようなものだ。こてんぱんにやられたら、それはそれで三津の信頼を勝ち取ることが出来るというものだ。骨を折られるぐらいなんのその。臓腑《ぞうふ》さえ痛めなければ、人の身体はいずれ本復する。御庭番の修行をしていた時代、母から何度も叩き込まれていた。

圧殺されないように胸と腹だけを守ろう。

そんな覚悟をした時だった。

三間（約五・五メートル）ぐらい先の漬物屋の屋根から何かが落ちてきた。

見上げると屋根の上に大工姿の雪之丞がいた。

しょうがねぇなぁ、という顔だ。

落ちてきたのは、なんと天保座の花道で飛び上がるための撥《は》ね板《いた》だった。

これはありがたい。

なりえは助走をつけて、板を踏む。すっぽんだ。

身体が浮いた。前から来た三人の力士の頭上を飛び越える。

「いよっ。大工屋っ」

雪之丞が小声で大向こうをかけてきた。

いやいやここは見得を切る場面ではない。

うっかり妙なものを踏んで、慌てている体《てい》でなくてはならない。

なりえは宙で手足を藻掻《もが》いて見せた。

この演技は難なくできた。見得よりもはるかに簡単だった。

呆気《あっけ》にとられる力士たちを飛び越え、着地すると、なりえはそのまま一目散に駆けて逃げた。

「誰か、助けてください。助けてください。相撲取りにやられちまいそうです」

泣き叫ぶ演技も忘れない。裏方とはいえ、天保座の座員だ。多少の芝居なら打てる。

第四幕　殺陣《たて》

一

その日東山和清は幕府勘定奉行格、黒部重吾家の中間、清一になりすまし西郷屋川越店へ、特産の芋の注文に行く旅に出た。

当主からじきじきに『清一に行かせよ』との命があったという。小者や中間を差配する黒部家の家老にそう言われた。

常ならば、新入りの渡り中間にそんな大事な仕事は頼まないものだ。

直感だが試されているような気がした。

というのも三日前のこと、なりえが増上寺からの帰り道に力士五人に襲われたのだ。三津という西郷屋の女手代に接触した直後だった。

しかもこのとき三津自身が語った生《お》い立《た》ちを傍《かたわ》らで聞き耳を立てていた千楽は『出来過ぎた話だ』と断じた。

薬売りに化けた千楽は毎朝、黒部の中間部屋に面した道にやってきて、格子窓越しに、文を投げ入れてくるのだ。

それで和清も、なりえの動きを把握《はあく》している。

千楽は天保座が裏の芝居に入った際は伝令役になる。

雪之丞がうまく、なりえを助けたそうだ。大工や鳶に化けるのはお手の物だ。なりえの周囲を動き回り、ことあれば助けにはいることになっている。

その雪之丞も力士が出てきたのは唐突過ぎると感じたそうだ。さらにどの力士も薩摩弁だったというのが気にかかる。

三津が自分と組むうえで、間者ではないかと確かめたとも考えられる。こたびの和清の川越行きの命も同じだ。

唐突過ぎるのだ。

和清も疑われているのではないか。ついそう思う。

御裏番として敵中に潜り込んでいると、常にそういう思いに駆られるのだが、それでも気を研ぎ澄ますに越したことはない。

一方でひとつ面白いことが分かった。

雪之丞に吉原の『艶乃家』の遣手から報せが入ったのだ。雪之丞は昨年の暮れ、この店に妓夫《ぎゆう》として潜りこんでいた。『尾張の吉原乗っ取り謀略』の内偵のためであった。

このとき、遣手のお京という婆さんと昵懇《じっこん》となった。その縁あって、いまもお京は天保座に加担している。天保座の裏の顔を承知の上である。

お京は黒部重吾と薩摩の倒幕派『薩摩威勢党』の頭目、鹿島十兵衛が差しで語っていたのを盗み聞きしていた。

年寄りなので耳が遠く、すべてを聞けたわけではなかったが、なにやら謀反についての会話だったのは確からしい。

『倒幕が一歩近づくのう』

そこだけは、お京の耳にはっきり聞こえたという。

ある程度、その予測はしていた。だがこれではっきりした。これから探る上で肝心なのは、その謀反がどういうふうになされるかだ。

まだ外が暗い七つ（午前四時）に、日本橋を出立《しゅったつ》した和清は中山道《なかせんどう》を進み、板橋宿《いたばし》まで辿りついていた。ここから一気に川越まで行けないことはない。

川越特産の芋を別名『十三里』と呼ぶが、実際の距離はさらに短い。十里（約四十キロメートル）といったところか。

中山道板橋宿の平尾追分《ひらおおいわけ》から分岐している川越街道をすすめば、日が暮れる前につくことも出来そうだった。

だが和清は、この板橋で一泊することにした。

ここで江戸と川越を往来する商人たちの話を聞くのも、何かの役に立ちそうな気がする。

それともうひとつ。

日本橋を出た当初は気が付かなかったが、巣鴨《すがも》村を越えたあたりから、背中に何者かの視線の気配を感じていた。

殺気だった。

振り返るとその気配は消える。背後を歩いている者は、唐草模様の風呂敷を背負った商人や牛馬を引く百姓だった。

その正体を知りたい気持ちがある。

板橋宿は三宿に分かれている。巣鴨側から順に平尾宿、仲《なか》宿、上宿だ。その先はまた街道で、次の宿場は蕨《わらび》宿となる。

和清は平尾の追分を越えて仲宿を進んでいく。本陣を越え、石神井川《しやくじい》に差し掛かった手前、揉み手している爺さんの姿が目に入った。

浅黄色の作務衣《さむえ》で腰が曲がっている。鬢は真っ白だ。

「『田屋《でんや》』でございます。さぁ、どうぞ、どうぞ、さぁ、どうぞ」

しわがれた声で客引きしているが、旅人はどんどん通り過ぎていく。

こぢんまりとした旅籠《はたご》である。粋な数寄屋造りだ。暖簾《のれん》の中央に四角に十字。田中の『田』だ。だがなんとなく活気がない。流行っていなさそうだ。

その分、静かでよさそうだ。

「一晩、世話になりたい」

「ほんとですか」

爺さんは驚いた顔をしている。それほど客がつかない旅籠なのか？　見た目は他の旅籠と大して変わらない。

「混んでいないのならばな」

「がらがらです」

「あがらせてもらおう」

和清は『田』の暖簾をくぐった。

すぐに婆さんがお湯の入った盥《たらい》を持ってきた。よたよたしていた。途中で転びそうになったので、和清が代わって盥を持ち、上がり框《かまち》の前に置いた。

「お客さん、どうもすみません」

この婆さんも腰が曲がっている。

「よい。気にせずに」

和清は草鞋《わらじ》と足袋《たび》を脱ぎ、脚絆《きやはん》をとり、足湯に浸かった。たいして歩いたわけではないが、踵《かかと》はだいぶ硬くなっていた。気持ちがいい。

婆さんはそのまま框を上がり、奥へと入ってしまった。

「親仁《おやじ》。ここには仲居はおらぬのか」

自分で足を洗いながら尋ねた。普通はここで仲居が足を洗ってくれるものだ。

「すみません、うちは老夫婦ふたりだけでやっているもので手がたりませんで。そのぶん、他店《よそ》より格安でして。一泊飯付き三百文（約七千五百円）ですから」

爺さんがすまなさそうに頭を下げた。

それは安い。

だが、この旅籠、そこそこ部屋数はあるようだが、老夫婦ふたりでは取れる客の数が限られよう。

「働き手がいないのか」

手拭いで足を拭きながら聞いた。

「はい。ふた月ほど前まではここにも三人ほど仲居がいたのですが、みんな辞めてしまいましてね。仲居ばかりではなく、男手もおりませんで、風呂焚きもあっしがやらねばならない始末で。すみません、なんなら二百文（約五千円）に負けさせていただきますが」

「いやいや三百文払うよ。なにか訳があるなら聞かせてくれないか」

「あれですよ」

と爺さんは暖簾を指さした。

『田』の字だ。

「あれがどうした？」

「薩摩の御紋に似てましして」

「ほう」

と和清はまじまじと『田』を眺めた。

薩摩の紋は丸に十字である。似ていると言えば似ている。

「川越に西郷屋さんが出来てからというもの、薩摩の藩士の方が行き交うことが多くなり、『この定紋《じようもん》は不愉快だ。紋を変えろ』などと言われましてね。店の者にも嫌がらせをするものですから、みんな辞めてしまったのです」

理不尽な話だ。

「とんでもねぇ話だ」

「はい。何しろうちは元禄《げんろく》の頃より田屋として暖簾をあげてきました。あっしで六代目でございます。おいそれとは屋号も定紋も変えられません」

「もっともだ。宿場として文句は言えないのか」

「それが、他の旅籠や商店はみんな薩摩の方々から何かしらの恩恵を受けておりまして、口答えなど出来ないと」

「恩恵とは？」

「はい参勤交代の折に、ここ数年、東海道《とうかいどう》ではなく中山道を使い各宿に大金を落としてくれるのです。うち以外ですがね。他にも提灯屋さんには道中提灯を大量に発注しますし、土産物屋はほとんど在庫がなくなるほど買い上げていくそうです」

主人はなんともやるせない表情をした。

ここでも薩摩は、何事か企《たくら》んでいるようだ。

「なるほど、あっしはしがない中間だけど、せいぜい江戸で『板橋宿といったら仲宿の田屋』だって吹聴《ふいちょう》しておくよ。そういう小さな噂も大事なもんだ」

「ありがたいお言葉です。では、二階のお部屋へ案内します。申し遅れました。あっしはここの主《あるじ》で安兵衛《やすべえ》と言います。女房は伸代《のぶよ》と言います」

安兵衛は磨き上げられた飴色《あめいろ》の階段をひょいひょいと猫のような足取りで上がって行った。

「いい部屋だな」

通されたのは十畳間で、障子を開いた窓の向こうに石神井川が見えた。

「はい、どうせ他にお客はいないですから、布団は隣の部屋に敷いておきます。こちらでごゆるりと冷酒でもやって、お休みになるときはお隣へどうぞ」

三百文で殿様扱いだ。

せせらぎが聞こえる窓外を眺める。周囲は林や田圃《たんぼ》だが、中山道に面したこの一帯は旅籠や商店が軒を連ねていて賑やかだ。

この田屋は老夫婦だけでやっているが、界隈には飯盛り女を置いている旅籠も多い。吉原の小見世程度の銭で楽しめるとあって、日が傾くほどに男たちの姿が増えてくるはずだ。

「まずは川越煎餅と煎茶をお持ちしました。すぐにお酒の支度をいたします」

石神井川の手前に土産物屋がある。軽衫《かるさん》袴姿の侍や商人風の男たちが入って行った。和清も覗いてみたくなった。

「伸代さん、まだ酒の支度はいい。ちょいと外を歩いてくる。なあに小半刻でもどってくるさ」

和清は外に出た。

少し歩いた。そよぐ風が気持ちいい。まだ江戸の内だというのに、旅に来た気分になった。

土産物屋『成増屋《なりますや》』は石神井川の橋の袂にあった。

何の変哲もない板の橋だ。この名をとって界隈を板橋と呼ぶようになったそうな。少し店の前で様子を窺《うかが》った。

客は侍が多い。ひっきりなしに出入りしているが、三人の侍が機嫌よさそうな顔で出てきたところで途切れた。

「いらっしゃいまし」

人気《ひとけ》のなくなった成増屋に入ると細面《ほそおもて》の主人らしき男が、声を張った。和清は会釈し品物を眺めた。

間口三間奥行き四間のそれなりの構えをした店だ。

販台には扇子、櫛、巾着、煙草入れなどが並び、いずれも板橋宿と文字が描かれているが、どの品にも丸に十字の紋が入っている。

さらには饅頭や最中《もなか》にまで丸に十字の紋が入っていた。

どういうことだ？

道中用のぶらぶら提灯も同じ紋だ。

さすがに薩摩とか島津の文字はないが、丸に十字の家紋の下に『楽々道中』などと籠《かご》文字で書かれているので、これを持って歩いていると、あたかも薩摩の家中に見える。

「ここはまだ江戸だよなぁ。何で薩摩の御紋入り提灯なんだい」

「はい。薩摩様の御紋ということではありません。若干細長い丸になっておりますしね。というか、その紋をいれることで仕入れが安くなるので、売値も安く出来るわけです。それが入っていないとその値段にはなりませんので」

値札を見るとたしかに品川《しながわ》や千住《せんじゅ》の宿場で売っている同じような土産物より、三割がた安い。

「安く仕入れられる秘訣《ひけつ》でもあるのかい」

「両国の西郷屋さんですよ。一年前ぐらいから他の問屋さんよりもはるかに安い値で卸《おろ》してくれるようになったのです。ただ西郷屋さんは薩摩所縁《ゆかり》の店なので、丸に十字の紋を使うのが約束事でして」

「薩摩が許しているということか」

「さようのようで」

あえて薩摩と結託しているというのか？　それは何のためか？

「ちょっと前に川越に出店したので、いまは大盤振舞《おおばんぶるまい》と、ほとんどただ同然で卸してくれるんですよ。板橋だけではないですよ。川越へ向かう宿場はすべて西郷屋さんの恩恵にあずかっています」

「他の宿場もか」

「はい。この先の下練馬《しもねりま》宿、白子《しらこ》宿、膝折《ひざおり》宿、大和田《おおわだ》宿、大井《おおい》宿、そして御城下の川越宿でございます」

「それらの宿すべてに西郷屋の品が置かれていると」

「さようで。どこの宿場も地名入りで格安に卸してもらっているので、ありがたがっております」

成増屋は機嫌よく笑い声をあげた。

どの宿場の名の上にも丸に十字の紋があるということは、薩摩の配下であるようにも見えないか。

和清はふとそんなことを考えた。

気づくと江戸から川越までの街道が薩摩の色に染められてしまうのではないか。西郷屋はその先兵。商人に利を落とすことで徐々に宿場が支配されることもありうる。

ならば、旅籠の田屋などは、はなから丸に十字に似た四角十字なのだから、目くじらを立てられることもないのではないか。和清はそう思った。

「お客さん、どちらにお泊まりで」

成増屋の主人が聞いてきた。

「田屋だが」

突然、成増屋は、顔を強張《こわば》らせた。

「あそこはよくない」

「どういうこったい」

「他の旅籠と横並びを嫌って、株仲間から外れちまったんでさぁ」

成増屋は田屋の店先を見やりながら、目を尖らせた。商人特有の愛想のいい表情が消え、剣呑《けんのん》な雰囲気を漂わせた目つきになった。

どうやら裏表のある男のようだ。

「そいつぁ、よくねぇな。ひとつの街道に面して商いしているんだ。横並びじゃねえと、波風が立つ」

あえてそう言ってみる。

「おやっ、お客さんもそう思いますかい」

成増屋は調子がいい。

「おうよ。なんかあったのかい」

間髪容れずに聞いた。

「仲宿全体で、ひとつの店みたいなつくりに建替えようという話があるんですが、田屋さんだけが、頑《かたく》なにその話に乗ってこない。建替え資金は西郷屋さんが、無利子で融通してくれるというのにですよ」

また西郷屋の名がでた。

「板橋宿の、ど真ん中にある仲宿をひとつの店にするたぁ、そいつぁ豪気だ」

和清は囃し立てる。

「でしょう。旧《ふる》い店も新しい店もなく、一列にぱぁっと連棟で並ぶんです。壁も屋根も間口も綺麗に揃えてね。弁柄格子《べんがらごうし》が並ぶ通りは壮観でしょう。そこにそろいの提灯が並ぶんですよ。まるで吉原の仲乃町《なかのちょう》通りみたいにね」

成増屋が両手を伸ばして、通りの景観を示した。

確かに壮観だろう。見栄《みば》えもいい。そこを歩く旅人も気分はいい。

だが……。

一軒一軒の個性は消える。門前に並ぶ統一された屋台のようなものだ。

で、居並ぶ提灯の紋が『丸に十字』。

おっと、それでは薩摩通りではないか。そこに考えが至ったところで、和清はぞっとした。西郷屋を手先にした薩摩の狙いはそれではないか。

知らず知らずのうちに、川越街道の宿場が順に薩摩の手に落ちていく。

西郷屋は最初はいくらでも資金を提供するだろう。背後に七十七万石の薩摩藩が付いているのだ。金はいくらでも融通出来る。返済出来ないのを承知で貸すのだ。

そして宿場全体が借金漬けになったとき、西郷屋による支配が始まる。

——一帯を制し一路を征服する。

それが狙いだ。

すでに宿場の住人たちは幕府よりも薩摩に好感を抱き始めているようだ。

「品川なんかより人が集まりそうな宿場に生まれ変われそうだな」

「それなのに、田屋さんが真っ向反対してましてね。田屋さん一軒ならまだ、手の打ちようがあるのですが、あそこのご主人ときたら、態度を決めかねている旧い店を束ね始めたんですから、あっしらに喧嘩を売っているようなもんですよ」

どうやら定紋の田の字は、単に言いがかりのようだ。西郷屋の支配下に入らないので、潰そうとしているのだろう。

田屋の立場が読めたので、これ以上ここには用がない。

「おっと長話をしちまった。饅頭を一箱と『板橋提灯』を貰おうじゃないか」

板橋宿と書かれたぶらぶら提灯だ。

「はい。ありがとうございます」

「いまさら田屋を出て宿替えするのも面倒だから、明日は暗いうちに出立《しゅったつ》とするよ。この提灯が役に立ちそうだ」

「それがよろしゅうございますよ」

言いながら成増屋がまた田屋の店先を見やる。

深編笠の侍が店の中を覗き込んでいた。

二

おいでなすったか。

和清は胸底でそう呟きながら、ぶらぶらと田屋へと歩いた。

深編笠の侍からは強烈な殺気があがっていた。道中で背中に感じていたのと同じ殺気だった。

腕に覚えのある侍のようであったが甘い。

そこまで殺気を漂わせては、誰でも警戒する。

御裏番ならば、むしろひ弱な気配を出すように努める。

ゆっくり歩きながらも、素早く対策を立てる。

ここで斬りかけられても、渡り合うわけにはいかない。なりえが増上寺の帰りに襲われたとき同様に『運よく逃れ』ねばならない。

和清はあえて深編笠の侍の前で、会釈した。深編笠の目所《まど》から侍の目が見えた。鋭い光を放っている。

背筋が凍るほどの威圧感があったが、和清は無視した。

気付かぬふりをするのが一番だ。

「安兵衛さん、神社はどっちのほうですか。ちょっとお参りしてきたいんで」

わざわざ大声をあげて聞く。

深編笠の侍は、肩透かしを食らったような気分なのではないか。

「目の前の道を渡って、まっすぐ行きなさったら神社の鳥居が見えてきますよ」

「ありがとう」

和清はふたたび深編笠の侍に軽くお辞儀をして、街道を渡り小路《こみち》へと進んだ。深編笠の侍も間をおいてついてきた。同じ格好をした侍がもう一人、後に続いている。

和清はこの道をまっすぐ進むと右手に神社が見えてくることは、とうに知っている。境内の裏手には石神井川が流れているはずだ。けれども初めて来たように、辺りを見回しながら歩いた。

背後の侍の殺気が再び強くなってきた。

乗ってはいけない。

ここまでくればもう分かる。こちらの反応を知るために挑発しているのだ。愚《ぐ》鈍《どん》な中間になり切らねばならない。

鳥居が見えてきた。

殺気にはまったく気づかぬふりをして境内に入った。たそがれどきとあって、人気《ひとけ》はなかった。

玉砂利を踏みながら、本殿へ向かう。

背後から、じゃりっ、じゃりっ、とふたりが近づいてくる音がする。

さてどう出てくるか。

二礼二拍手一礼し、振り返った。

侍のひとりと肩がぶつかった。初めから和清を見つめていた男だ。

「無礼なっ」

侍が深編笠の奥で目を尖らせ、脇差《わきざし》の柄《つか》に手を掛けた。無礼討ちを仕掛けてきたということだ。

それで和清が、どう対応するか見極める気だ。

「どうか御赦《おゆる》しを」

和清は石段を飛び降り、土下座《どげざ》した。

主家の名は名乗らなかった。勘定奉行格の屋敷の中間だと軽々しく口にする者でもないと報せておきたかった。

ならないのだ。

この先のありとあらゆる展開を想定し、一手一手を慎重に打っていかなければならないのだ。

この場面、たぶん斬りかかってこない。そう踏んだ。ここで和清を殺してしまうとすれば、すでに身元がばれていることになる。それはないはずだ。これは試しのはず。

だがこの勘が外れていれば、首が飛ぶ。首筋に緊張が走った。微《かす》かに背中が震えた。だがそれが、赦しを乞《こ》う中間の真実味を伝えた。

「伊蔵、ひと息に斬り捨てるなどもったいないぞ。このような無礼者は、もっといたぶったほうがよい」

もうひとりの侍が言った。初めからいた侍は伊蔵というようだ。

「そうだな。四宿《ししゅく》同心に、あれこれ申し開きをするのも面倒だしな」

「そうよ。無礼討ちも、いまどきは正当であったかどうか、あれこれ吟味《ぎんみ》される。それより喧嘩から大事にいたってしまったといえば、喧嘩両成敗。致し方なかったということに出来る」

「そのとおりじゃの」

ふたりがそんな話をしている。これは芝居だ。和清に反撃する機会を与えようとしているのだ。つまりどうしても和清の腕前を確認しておきたいということだ。

「えいっ、なぜ田屋になど泊まるっ。宿場には宿場の掟《おきて》があるのだっ」

それも気に入らなかったようだ。ふたりは咄嗟に宿場の用心棒を演じようとしているようだ。

「土産物屋で事情を聞くまでまったく知らなかったことで」

「嘘をつけっ。親し気に話していたではないか」

土下座している顔をいきなり蹴り上げられた。伊蔵の右足が動きだす瞬間は見切っていた。だが和清は、躱《かわ》さなかった。

「ぐわっ」

顔面に思い切り伊蔵の足の甲が当たり、土下座を起こされた。鼻血が噴き上がった。だが、深編笠の中の伊蔵の顔をはっきり見ることが出来た。

「まだまだっ」

今度は、爪先《つまさき》が腹部に向かってくる。これはまともに食らうのは避けたい。和清はわずかに後退し、肚の筋を思いきり張った。

芝居の殺陣《たて》の要領だ。天保座の芝居の殺陣は真に迫っていることで定評がある。模造剣ではあるが、相手を本気で斬るように、その肩や腕、あるいは胴に打ち込むからだ。

斬る側は遠慮はしない。斬られる側が総身《そうしん》の筋を鍛え、打力に耐える身体造りに努めるのだ。

役者はその稽古に余念がない。和清も腹筋は鍛えていた。

それでもかなり深く爪先がめり込んでいた。胃の袋が揺れる。

「ぐえっ」

吐いた。噴き上げたほうが楽になる。

「うっ、拙者の袴を汚すとは」

伊蔵は深編笠を取った。帯から太刀を鞘《さや》ごと抜いた。抜刀する気はないらしい。荒ぶれているようで実は冷静なようだ。

思い切り肩に振り下ろしてくる。打点が僅かに急所を外すように身体を揺する。

「あうっ」

それでも肩甲骨に罅《ひび》が入ったのではないかと思うほどの激痛が走った。

これ以上、無防備に打たれていると体力が奪われ、急所をうまく躱し続けることが出来なくなりそうだ。

和清は玉砂利の上を転がった。歯を食いしばり、本殿の裏側へと這《は》って逃げる。手と膝頭が玉砂利に食い込み痛い。

「待てっ」

伊蔵が容赦《ようしゃ》なく鞘に入ったままの太刀を振り下ろしてくる。片、背中、尻。それでも這った。

「あうっ」

ついには、背後から尻を蹴り上げられた。あと少し爪先が伸びていたら金的に当たるところだ。

「ぐえっ」

さすがに頭にきた。

和清は四つん這いのまま振り返り、血塗《ちまみ》れの顔で、伊蔵を睨みつけた。一瞬のことだ。迂闊《うかつ》だった。眼に俠気《きょうき》の炎が浮かんでいたに違いない。

「おぬし、本性を見せおったなっ」

伊蔵が眉を吊り上げた。般若《はんにゃ》のような形相《ぎょうそう》だ。鞘から太刀を抜いた。刃が揺《よう》曳《えい》する。

しまったと思った。

和清は、すぐに命乞いの芝居に入った。

「あぁ、お侍さん御赦しくださいませ」

涙を流して泣いた。ついでに鼻水も流す。顔がぐしゃぐしゃになった。

どんな状況下にあっても、涙を流せるのが役者という稼業のなせる業《わざ》だ。

和清は天保座を引き受けた際、座元であるだけではなく、役者として舞台に立つことにしたことから『泣き』を懸命に修行した。

その甲斐あって、いまではすぐ泣ける。鼻水まで出せるようになった。

「斬らないでください。なんでもします。おねげえでございます」

中間の役だが、若干百姓ぽくなる。この台詞、何度も百姓の役で喋っているからだ。剣を振りかざす役はたいてい団五郎だ。

「やかましい。おぬし、どこかの間者であろう。田屋で何を探っておる」

「はぁ～？　言っていることが、さっぱりわがらねぇですよ」

血と汗と涙と鼻水を垂らしながら、首を左右にふる。肩と膝も小刻みに震わせた。

「惚《とぼ》けるな。おぬしの先ほどの目、ただものではないと見たっ。言わぬならひと思いに成敗してくれるわっ」

伊蔵が剣を振り上げた。今度は真剣である。上段から和清の額めがけて振り落とされた。

「わぁあああああああっ」

和清は横転する。

刃先は空《くう》を切った。

地べたを転げまわった。雪之丞や団五郎に見せたい迫真の芝居だ。これも殺陣のひとつである。

「それ見ろ、躱したではないか」

伊蔵が今度は太刀を突き出してきた。のけ反って躱す。はずみで鼻血と鼻水が飛んだ。

「汚なっ」

伊蔵が反射的に半歩後退する。

血飛沫《ちしぶき》はかけられても気にならないが、鼻水は苦手のようだ。人としての本能だ。

この間隙《かんげき》を突いて、和清は、

「ひぇえええええっ」

と叫びながら、再び地を這った。とにかく本殿の裏へと急ぐことだ。地は玉砂利から土に変わった。いくらか楽になった。

石神井川が見えた。

「おのれ、逃げるか」

伊蔵が追ってくる。

「おら、死にたぐねぇ。いやだ、もう中間なんかいやだ」

喚《わめ》きながら懸命に這った。川は目の前だ。この先は、運を信じるしかない。ひたすら這った。

「伊蔵、もうやめい。あれはどう見ても百姓あがりの中間だ。こっちの勘違いで殺してしまってはまずいぞ」

もうひとりの侍が、そう言っている。

「いやっ、違う。わしの目に狂いはない。あいつの動きはすべてこちらの動きを見切ったものだ。眼力も百姓のものではないっ」

伊蔵が地を蹴った。同僚に見立て違いを指摘され、頭に血が上ったようだ。

空中から、たすき掛けに太刀を振ってくる。風を斬る音がする。

背中を斬られた。紺絣の着物が破れる。皮膚も斬られた。ぎりぎり肉まで割《さ》かれていないのは偶然に過ぎない。

「あぁあああ」

和清は大声を上げ転げまわった。

激痛に顔を歪め、そのまま石神井川に転げ落ちた。石や枝に身体を跳ね上げながら、無様に落下する。

「見ろ、伊蔵。あの姿が忍びや間者に見えるか」

もうひとりの侍が呆《あき》れたように言った。

「違ったか……」

伊蔵も興奮が覚めたようで、腑《ふ》抜《ぬ》けたような口調になった。

和清は水しぶきを上げて、石神井川に沈んだ。

川は濁《にご》っていた。灰色の川の中を足だけを動かして下流へと泳ぐ。息が続く限り潜っていたい。

ここまでの場面を団五郎がどこかで見守っていたはずだ。

奈落に潜った和清となりえのために天保座はその周囲を固めているのだ。

信じるしかなかった。

息が苦しくなってきた。

浮いても平気であろうか？　川では取れる防備にも限度がある。川面に顔を出した瞬間に、弓を引かれないとも限らない。

どれだけ慎重にことを運んでも、最後は運に頼るしかないのもまた御裏番の定めだ。

覚悟を決めて川面に顔を出した。

板橋をちょうど越えたところだった。

「おーい。人が溺《おぼ》れているぞぉ。誰かいねぇか。おーい」

団五郎の声がした。橋の上で大声で叫んでいる。

――それかよっ。おまえは助けねぇのかよ。

泳ぐ気も失せる。和清は顔を歪めた。

「あれはさっきうちに来たお客だよ。ちょっと待ちねぇ」

板橋の袂にある土産物屋の主人が、店から長い綱を持ってきて放り投げてくれる。問屋場《といやば》に詰める若衆だろうか、刺青《いれずみ》だらけの若者がふたり飛び込んできた。

この際だから和清は、ばたばたと藻掻《もが》き、溺れているふりをした。

ほどなくして助けられ、田屋へ担ぎ込まれた。

三

翌日七つ、まだ暗く朝靄《あさもや》の煙る中、和清は川越に向けて出立した。

背中に昨日までの殺気は感じられなかった。

暗いうちのほうが、御裏番らしい早歩きが出来た。それは早歩きというより、疾走に近かった。総身に激痛が走るが、それもまた修行である。

昨日、川から上がった際は満身創痍《まんしんそうい》であったが、日ごろ鍛えている身体は、回復力も早い。痛め止めの頓服《とんぷく》を飲み、湯に入った。

切り傷だらけの身体は見た目は惨憺《さんたん》たるありさまであったが、実際は浅い傷ばかりであった。和清が、すべてうまく体を躱し、衝撃を和《やわ》らげていたからだ。

仲代婆さんの根深汁《ねぶかじる》と鮎《あゆ》と白飯の膳も、心を落ち着かせ、回復の一助となったのは間違いない。

伊蔵ともうひとりの侍は、田屋の店の前で、板戸に乗せて運ばれる和清の姿を確認したようだった。

『伊蔵、無茶をしすぎたな。あのような者、蹴り上げたときに百姓と見極められたはずだ』

『死なんとよいがな』

そんな話がはっきり聞こえたので、和清はほくそ笑んだ。

ぐっすり眠った。疲労の回復にもっとも効くのは、熟睡することである。昨夜は早々に眠りについた。

そして未明に起床。暗いうちにひっそりと田屋を後にした。

ひた走り、昼には白子宿に到着できた。ここで一休みし、蕎麦を食い、宿の風呂だけを借り身体を休める。

宿場の様子は板橋で聞いた通り、丸に十字の家紋だらけになっている。白子宿の前の下練馬宿も同様だった。

川越街道がこれでは薩摩街道である。

午後もひたすら早歩きし、膝折宿、大和田宿、大井宿を抜け、夕刻には川越の高澤町《たかざわ》に到着した。

城下町川越にあって高澤町は商人町であり、旅籠も多くあった。

和清は今度は丸に十字の紋を掲げた旅籠を探した。さすが松平大和守斉典のお膝元とあって、あからさまに丸に十字の紋をかけている旅籠は見当たらなかった。

だが一軒『桜島楼《さくらじま》』という旅籠を見つけた。

「一晩頼みたい」

山だれに桜の紋の暖簾を潜ると、小太りの仲居が出てきた。

「よかとよ」

薩摩弁である。

足湯をもらい、上に上がる。二階に通された。

間口よりも奥行きのある旅籠であった。吉原の廓によく似た造りで中庭を囲むようにして建っている。

庭の真ん中には桜島を模した塚が構えていた。その脇に畑だ。

風流というより農村のような庭だ。郷里を彷彿《ほうふつ》させているのだろうが、どこか野暮《やぼ》ったい。町育ちの和清は胸底で嘲笑《ちょうしょう》した。

ただし、板橋宿の田屋とは異なり、桜島楼はたいそうな賑わいだった。八畳間に通されたが、隣の部屋は客同士が集まっているらしく、どんぶりで賽子《さいころ》が回る音がした。

賭博に興じているようだ。

ざわざわと煩《うるさ》くもあるが、同時に活気も感じる。

宿は多少、賑やかなほうがいい。

仲居が茶と菓子ではなく、いきなり芋焼酎《いもじょうちゅう》と板わさと焼き海苔《のり》を運んできた。一泊三朱（約一万八千七百五十円）だが、それなりの接客をしてくれるようだ。

一杯やりながら、付近の居酒屋にでも出て、町の者たちの西郷屋に対する評判を聞こうかと考えていた。

その矢先のことだ。

「おーい、客人。よかったらこっちで一緒に遊ばねぇかい」

襖の向こうから声がかかる。

しわがれた声だった。

「遊びにもよりますよ。開けてよござんすか」

「構わしねぇよ」

襖を開けると商人風の男たちが三人、向かい合って座っているのが見えた。いずれも五十がらみの老獪《ろうかい》そうな連中だった。

三人のそれぞれ傍らに脚膳があり、徳利と酒肴がたっぷり載せられていた。

「なあに、一勝負十文（約二百五十円）限りのお遊びだ。それにつきがなさそうだったらいつでも抜けていいって決まりでやっている。わしは善兵衛《ぜんべえ》。太物《ふともの》の行商をしている」

恵比須《えびす》顔の善兵衛が、どんぶりの中の賽子をからころと鳴らしながら言う。親をやっているようだ。

「無理にとは言いませんよ。賭けですからね。すって恨まれてもしょうがない。やりたかったらどうぞ入ってくださいましな。あっしは馬喰町《ばくろちょう》の『大八《だいはち》』の手代、安吉《やすきち》でさぁ。荷車や町駕籠を作っている店でござんすよ。川越の駕籠屋の『川交《かわこう》』さんに、注文を取りに来たとこでしてね」

と、こちらは痩せて一重瞼《ひとえまぶた》だが、品の良さそうな顔立ちの男だ。

「もっとも、お若い方だから、こっちのほうをやるって言うんだったら、引き留めませんぜ。おいらは江戸の作庭師の貫太郎《かんたろう》よ。ここいらの豪商の作庭を頼まれて、まずは下見に来たところだ。しかし今夜はつかねぇ。もう降りるところさ」

浅黄色の作務衣を着た貫太郎は足を投げ出していた。作庭師といっても一流どころではなく、安直に、どこぞの庭を真似《まね》たものを作る町の庭師だろう。

「おいらは清一といいます。江戸のさるお屋敷の中間ですが、家名は勘弁してください。川越には主に言いつかった特産品の注文にきました」

和清も挨拶をした。

「しかし、その傷はどうしたんだい」

善兵衛が明らかに、すこし引いた調子で聞いてきた。うっかり声をかけたが、破落戸《ごろつき》のような渡り中間ではないかと、疑っている節だ。

「あいや、これは板橋宿で、石神井川の土手から足を滑らせ、転がり落ちたときに傷ついたもので。いやあ、川の中っていうのは、岩は転がっているわ、材木やらいろんなものが流れてくるわで、がっつん、がっつん、ぶつかりましてね。こんなになってしまいました。傷はどれも浅いのですが、女郎を買うには、まだ充分身体が言うことを聞きませんでしてね」

とごまかした。

「なら、やるかい。親は一回ずつ交代だ。賽子を検《あらた》めねぇ。この旅籠の前の小間物屋で買ったものだ」

善兵衛が畳の上をころころと転がしてきた。和清は検めた。手のひらで転がしてみる。細工はなかった。

寝る前の暇つぶしの遊びのようだった。わざわざ居酒屋で得体の知れない者の話を聞くよりも、こうしたまともな商人や職人と話したほうが正確な情報が取れるというものだ。

「よござんす。わっしも路銀まで失うわけにはいかないので、四百文（約一万円）限りで勘弁してもらえるなら、加わらせていただきます」

「みんなそんなものだよ」

旅人同士の安い賭けごとが始まった。

順番に親を回して、勝ったり負けたりだった。そのたびに一本二十文の値の爪《つま》楊枝《ようじ》が行ったり来たりした。

和清も勝ったり負けたりだ。たわいもない遊びである。

「西郷屋さんが出来て川越の商いは変わりましたか」

三度目の親が回ってきたところで、西郷屋の話を向けた。

「大変わりだよ。いまに川越は西郷屋の町になる」

「どういうことですか?」

和清は聞いた。

「名ばかり大きくて、実は傾きかけている老舗《しにせ》の再興に惜《お》しみなく援助している。それが後から入って来た者の仁義《じんぎ》だなどと言っているが、世話になっているのは、みんな八代目とか九代目の若旦那たちだ。融通してもらった金で店を立て直すどころか、道楽に拍車がかかっている。あれでは、西郷屋の思う壺であろうな」

善兵衛が笑った。

「あぁ、おいらが今日下見に行った茶問屋の若旦那も、その口だな。風流なんて知らないくせに、やたら京のどこぞの寺院のようにしたいと言っている。まぁ、金払いはいいんで、いくらでも高価な木を植えてやるがね」

と庭師の貫太郎。

「駕籠屋の川交の手代が言ってましたよ。西郷屋が融通しているのは、いずれも藩主松平家の御贔屓の店で、城中の情報を得るためじゃないかって」

これは、大八の安吉の弁だ。

「西郷屋は相当なやり手ですよ。というか資力が地場の商人とは桁違《けたちが》いだ。薩摩芋の販売を一手に引き受けたとたんに、仕入れも半端なく増えた。農家はほくほくさ。まぁ、おいらたちもおかげで駕籠だけじゃなく荷車を作る話までいただけちまったからな」

聞けば、安吉の店は川交から荷車十台の注文を受けたそうだ。

薩摩芋や大根を農家から河岸場へ運び出すための荷車の需要が、急激に増えているということだ。

川越には五つの河岸場がある。

荒川《あらかわ》の支流、新河岸川《しんがしがわ》にある扇《おうぎ》、上新《かみしん》、牛子《うしこ》、下新《しもしん》、寺尾《てらお》の河岸場だ。西郷屋が出店して来て以来、これらの河岸場には廻船問屋薩萬屋の弁財船がひしめくようになったという。

安吉が言うには『川交』は、西郷屋と薩萬屋の双方から融通金を得て大型荷車を整え、町駕籠の他に陸運の仕事へも手を伸ばすのだという。

「安吉さん、あれかい、その荷車にも丸に十字の紋が付くのかい」

親が回ってきた善兵衛が聞いた。聞きながらどんぶりを置こうとしたら、賽子が一個外へ飛び出した。

しょんべんである。その場で負けだ。

善兵衛は口を尖らせながら、各自の前に爪楊枝を二本ずつ置いた。

「あぁ、丸に十字を付けた下に川交と入れることになる。荷台の後ろにその木札を張り付けろ、って注文だった」

また丸に十字だ。

「なんだか町中が丸に十字になってきたよな」

庭師の貫太郎がため息をついた。

「しょうがねぇよな。たいがいの大店《おおだな》が西郷屋から融資を受けて店を拡大し始めたんだ。その条件が西郷屋の定紋を付けることなんだ」

安吉が、そう言いながら、徳利の残りを手酌で注いだ。

「小江戸と言われる川越が、いずれ小薩摩となってしまいそうだな。そろそろお開きとするか」

善兵衛が締めた。

和清は百文（約二千五百円）負けたが、情報料と思えば安いものであった。

その夜はぐっすりと眠れた。

四

翌朝、和清は朝飯を食べると、さっそく高澤町の西郷屋へ向かった。時の鐘の櫓近くに店はあった。あたりには煎餅屋や飴細工の店が居並んでいた。

川越は煎餅の町でもある。

「幕府勘定奉行格、黒部重吾家の中間、清一と申します。芋の注文に参りました。番頭さんはおいででしょうか」

大身《たいしん》旗本の家中とはいえ、渡りの中間である。侍のように横柄な態度で接することは憚《はばか》られた。和清の判断である。

黒部重吾の家中と聞いただけで、店の前にいた丁稚は、奥へ飛んでいった。店の陳列台に陶器や漆器、それに漢方薬が整然と並べられている。

棚には小間物だ。値の張りそうな巾着や煙草入れ、それに鼈甲《べっこう》の櫛や簪など、さまざまあった。

「川越店の番頭、輝彦《てるひこ》でございます。これはこれは、ご苦労様でございました」

きりりとした顔立ちの番頭が足早に出てきた。

上がり框の板場に通された。

「これが黒部家の家老からの書状でございます」

薩摩芋の注文の念書と、和清は聞いていた。きちんと糊《のり》で貼り付けられ、封印が押された書状だ。下手に開封は出来ない。和清は覗いてはいなかった。

「薩摩芋百本。確かに承りました。霜月《しもつき》（十一月）に三田の蔵に納めるようにいたします」

三田の蔵？　黒部家にそんな蔵があるとは聞いていない。蔵米の札差《ふださし》が石高に見合った金を寄こしているだけで、自前の蔵など所有していないはずだ。

「そう書いてあるならば、そのように願いたい」

「煎餅も千枚ご用意出来ましたとお伝えください。七百枚を番町《ばんちょう》へ、三百枚は三田のお屋敷のほうへお運び申します。薩萬屋さんが運びますからご安心のほどを。いま請け証を持ってまいります」

番町は黒部の屋敷だ。煎餅が七百枚も届くのか。

そしてまた三田だ。

「煎餅も三田の蔵にですか？」

「さようでございます」

芋は分かる。取っておけば、飢饉《ききん》などで米が手に入らなくなった際に代用食として役に立つ。しかし煎餅を保管してどうするのだ。菓子屋でもやるのか？

輝彦がいったん奥に引っ込んだ。

女中が煎餅と煎茶を運んできた。醬油の匂いが香ばしい丸煎餅である。遠慮なくいただいた。

ほどなくして戻った輝彦からやはりぴたりと糊付けされた書状を渡された。家老宛の書状である。

「確かに預かりました。さっそく江戸へ持ち帰ります」

「すぐにお立ちですか」

「はい、わっしはただの使いの中間です。早々に帰らねば、叱られますゆえ」

この番頭を揺さぶりたい気持ちがあるが、時期尚早《しょうそう》であろう。怪しまれたら最後、死が待っている。

店を出て、時の鐘の櫓のほうへとぶらぶら歩いた。蕎麦屋でもないものかと探した。

四文屋があったので、冷酒でもやろうかと入ろうとしたそのときだった。

「もし、旅の方」

子供の声がした。横を向くと七つぐらいの女の子が、立っていた。継ぎ接ぎだらけではあるが、洗いたての着物を着た子供だった。物乞いではなさそうだ。

「なにか用か？」

「あっちで呼んでいる方がいます」

利発そうな眼をした女の子が、川越氷川《ひかわ》神社のほうを指差した。

「おれを？」

和清は怪訝に思ったが、何か罠があるのなら、乗ってみようと思った。ついて行くことにする。

立派な神社である。大鳥居をくぐり、女の子の先導で参道を進んだ。

「あの人」

そう言うと女の子は大鳥居のほうへ駆け戻って行った。

石灯籠《いしどうろう》の前に小柄な尼僧が立っていた。紫の頭巾を被っている。和清は近付いて行った。

「なるほど色男ですね」

「はい？」

いきなり言われたので戸惑った。頭巾から出た眼が鋭い光を放っていた。

「西郷屋で書状を貰ったでしょう。お見せなさい」

「なんですか、いきなり」

戸惑った。何故そんなことを知っている。

「西郷屋に間者を入れています。いまの女の子がそうです」

なんだって？

仰天《ぎようてん》した。

「あなたは？」

「娘がお世話になっています」

「えっ」

「庭真院です。剃髪《ていはつ》しましたがまだ現役ですよ」

大先輩だ。

庭真院が歩き出した。脇の社殿へと向かっていく。

「宮司《ぐうじ》さん、ちょっと書院をお借りしますね」

奥に向かって声をかけると、庭真院は勝手知ったるとばかりに、どんどん上がって行った。八畳間のあまり日が入らない座敷に入った。文机《ふづくえ》がある。

「書状、拝見させてくれますか」

御庭番歴三十年の庭真院は威圧感があった。素直に胸襟《きょうきん》から取り出した。和清も読みたいのはやまやまだ。

庭真院は書状を文机の上に置くと、抽斗《ひきだし》から剃刀《かみそり》を取り出した。日頃からこの書院を好きに使っていると見える。

糊の張り付いた部分を見事に剝《は》がした。

書状を開く。

「やっぱりね。これが第一の目的だったのだわ」

「なんですか」

「あなたが持参した書状を開いた形跡はない。妙な詮索《せんさく》もしていないようだと、書いてあるわ。その後も凄いわね」

書状を畳の上に広げ、見せてくれた。

まず初めに、庭真院が言った通りのことが書いてあった。

その後は、和清と話した芋と煎餅の注文を請け負ったという証書のようなものだった。

「薩摩芋百本とは鉄砲百丁。煎餅は小判の符牒《ふちょう》です。千両（約一億円）ということですよ」

「なんとっ」

「私が見たところ、西郷屋は長崎で鉄砲を抜け荷しています。江戸に直接運んだのでは怪しまれるので、数十丁ずつに分けてこの川越に入れているのでしょう」

「北前船《きたまえぶね》で越前《えちぜん》あたりに運び込み、そこから中山道を使って川越へ、ですか」

経路はそう察しがついた。

だが、そこから運ぶにも関所はある。

「親藩大名の参勤交代には、雇い中間が付きものですよ。挟箱《はさみばこ》や長持ちも借りものが多いもの」

庭真院が含むように言った。

「なるほど、街道筋の俠客《きょうかく》一家にでも頼めば、人も道具も用意してくれる」

そこに西郷屋が食い込んでいたとしたら、隠匿《いんとく》したまま運べる。しかも荷を降ろすのは、江戸ではない川越だ。幕府の目も緩い。

「そして最後は勘定奉行格の黒部の名で荷を江戸へ入れるのですよ。検め方も上に積んである芋を見るだけです」

「しかし黒部家に三田の蔵などありませんが……」

「薩摩の蔵があります。下屋敷も三田にあります」

聞いて和清は絶句した。

「なんとかせねばなりませぬな」

「はい。急いでください。この書状で、武器の運搬はひと月先と判りました。それまでに相手を潰さねばなりませんね」

「必ず潰します。江戸が江戸ではなくなってしまいます」

本当だとすれば謀反の決行は間近ということになる。和清は敢然《かんぜん》と言った。

「なりえを思う存分使ってください。ではこれで。あなたが先にお帰りなさい」

和清は頷き、立ち上がった。

庭真院が座ったまま、こちらを見上げた。

「迷惑でしょうが、なりえを嫁にもらってくれませんか」

――ぇぇぇぇぇぇぇぇぇぇぇ。

和清はのけ反ったが、その声は挙げなかった。

ただ、こちらの仰天ぶりは伝わったようだ。

「やっぱり迷惑ですよねぇ」

庭真院はうなだれた。

「迷惑などと……」

そこから先はすぐに言葉がつながらなかった。

「ゆっくり考えてくれればよいのです。家斉が義父、家慶が義兄というのも悪くないと思います」

庭真院に頭を下げられた。

和清も頭を下げて書院を出た。

さすがに混乱した。というか、なりえは一体どう思っているのだろう。

第五幕　筋読み

一

　したたかな悪党ほど、悪事を行う前に入念な筋書きを立てるものだ。倒幕を企んでいるに違いない一派もまた入念な筋を立てているはずであった。

　それを読み、先手を打つのが御裏番である。

　そしてこちらも表稼業は芝居一座。筋立てと演技はお手のもの。読み切ってやろうじゃないか。

　板橋宿と川越城下のありさまを聞き、母、庭真院もまだ闇働きをしているとの報せを、千楽を通じて受けた。

　ここら辺りが気合の入れどころと、なりえは霊南坂の上に広がる青空を見上げた。

川越松平家の中屋敷は上屋敷のすぐ目の前にあった。

なりえは朝早くから三津に連れられ、この屋敷に上がった。

川越藩主の世子、松平斉省が暮らす屋敷である。

藩主松平大和守斉典が暮らし、江戸における政務を執り行う上屋敷は、千代田の御城に例えれば本丸であり、世子が暮らす中屋敷は、差し詰め西の丸であろう。

大名の多くは御城付近の外桜田《そとさくらだ》や番町界隈に上屋敷を構え四谷《よつや》や赤坂《あかさか》に中屋敷を構えている。川越松平家は、霊南坂にまとめてふたつの屋敷を構えており、双方は霊南坂と江戸見坂の交叉《こうさ》する位置で向かい合っていた。

勝手口から入った。

庭の芝生の緑が鮮やかだった。

池に向かって小川が流れている。

その水音を聞きながら、なりえと三津は屋敷のはずれの奉公人の詰所に上がった。

「ここに連れて参りましたのが、私同様、西郷屋で女中を務めているなりえでございます。身元のしっかりした者ですから、ご安心ください」

三津が中屋敷留守居《るすい》役の笹森祐輔《ささもりゆうすけ》に、紹介してくれた。納戸《なんど》掛かりである。

「三津と同じで通いでよいのだな」

「はい。一緒に参ります」

「出入りの際には、人見女《ひとみおんな》が必ず荷物と身体を検めるぞ」

「その旨《むね》、伺っております」

三津からすべて聞かされている。

役目は、中屋敷の納戸や蔵に収められている書画、骨董、宝物の目録作りである。目録作りは、名目に過ぎない。

西郷屋は薩萬屋と共に都合十万両を、無利息十年繰り延べ返済で貸している。屋敷は拝領屋敷なので担保価値はない。

返済不履行《ふりこう》になった際の差押え物として、あらかじめ目録台帳を作成させていただくというのが、西郷屋の言い分である。

江戸家老、河原小兵衛は藩主斉典を説得し、この目録作りを認めたという。

財物はこの中屋敷と高輪の下屋敷に、そのほとんどが収納されているということで、三津がまず中屋敷に上がった。

さすがは結城《ゆうき》松平家の流れを汲《く》む川越松平家である。家康公から賜《たまわ》った武具や京の公家から贈られた書画の名品など、たいそうな品が蔵《しま》われているようだ。

納戸といってもひとつやふたつではない。

優に十部屋もあるそうだ。

書画骨董だけではなく、寝具や衣類、長持ちなどの家財一切合切《いっさいがっさい》を調べ上げる気なのだ。よく、家老が承知したものだと思うが、おそらく相当な弱みに付け込んでいるのだろう。

なりえとしてはそのあたりの経緯《いきさつ》も探りたい。

西郷屋孝介は、三津が書き留めてきた品を、ただちに馴染みの骨董屋で、値の確認をおこなっていた。

十年先を見越しているとはとても思えない、素早さだ。

「蔵のほうはなりえが記帳いたします。私は納戸の品々の記帳に専心しますが、あれだけのお宝、ふたりでも三十日では済みますまい」

三津が持参してきた風呂敷包みを差し出しながら言った。

「ふたり以上の出入りはならぬと、家老から西郷屋へ伝えているはずだ。そのほうらは、目録作りと称して、密かに家探《やさが》しでもする気かっ」

笹森が厳然と言った。

「滅相《めっそう》もありません。他に人を増やす気はございません。ただそれなりの日数がかかると申しているだけでございます」

三津が嫣然と笑った。

「それならばよい。包みを検める」

笹森が三津の風呂敷包みを開いた。中身は結びと沢庵《たくあん》を包んだ竹皮と、子供が持つようなおはじきを入れる赤い小袋である。

「番頭から笹森様に、その袋をお渡しするようにと。使い勝手のよい銀のおはじきで」

「それは気が利く」

笹森が中を覗いた。笑顔に変わる。

一朱銀が五個ほど入っていた。五朱（約三万千二百五十円）の袖の下である。

「八つ半まで、調べてよい」

小袋を持って笹森が立ち去った。替わって年増《としま》の女中が入ってくる。関所の人見女と同じ役目をするらしい。五十がらみの奥女中だ。

「ではお立ちくだされ」

と、まず三津を検めた。とはいえ、関所のように髪をすべて解《ほど》かせるような真似はしない。眺めて、多少手で触るぐらいだ。胸襟、袖の袂、帯の隙間は入念で、前身頃《まえみごろ》の袷《あわせ》の中にも手を突っ込んでいる。

武器になるものや、火打ち石などを警戒しているのだ。

なりえは三津から聞かされていたので、簪や櫛などはすべて外してきた。付けてきた場合、預けねばならないが、決して返却はしてくれないそうだ。せこい女中だ。

なりえも同じ検めを受けた。不快であった。

帰りも、財物を隠し持っていないか検められるという。鬱陶《うっとう》しい話だ。

別な女中に、蔵に案内された。桐の箱が山と積まれている。なりえの役目はその箱に添えられた由来書の表題を書きとっていくことだった。

例えば『古伊万里《こいまり》。花瓶。室町後期。誰々より拝領』といった具合だ。暗い蔵で、延々と同じことを繰り返すのは飽きるが、五個目の箱で、中身が偽物であることに気付き、俄然《がぜん》面白くなった。

どんどん蓋を開け、中身を精査した。贋作《がんさく》ばかりだった。

これでも元御庭番である。目は確かだ。

箱は立派で、由来も華々しかったが中身はとんだ偽物ばかりだ。ところが箱は年代物。箱に直接書かれている作者の筆も本物であった。

つまり初めは本物が入っていたのである。いつの間にか偽物に入れ替わっている。とうに売り払っていたのだ。

松平大和守は知っているのか？

これでは目録は意味をなさない。骨董商に付けさせた値も『本物であれば』のこと。蓋を開けたら、愕然《がくぜん》とすることだろう。

昼になった。正午の鐘と共に、なりえは三津のいる納戸に行った。庭に面した廊下で、並んで結びを食べた。

「三津ちゃんさぁ。本当はいくつなんだよ」

なりえは唐突に聞いた。あえてちゃん付けだ。三津はさすがに驚いたようだ。

「十九だよ。あんたのほうが一個上さ。けれどもここではあたしのほうが立場が上だからね。よく覚えておいでよ。西郷屋には先に入っているし、仕事を仕切っているのもあたしだからさ。分かっているわね」

三津の眼が尖った。

同年代だとは思っていた。だが、三津の世慣れた振る舞いや、西郷屋での手代たちのへの口の利き方から、てっきりふたつほど年長であろうと踏んでいたのだ。

　なりえとしても驚いた。

「承知してるわ。ここではあんたが上役。わたしは指示に従うわ」

　素直に応じたが、言葉使いや態度は改めなかった。最初《はじめ》に出会ったときと態度を変えないほうがいい。

　愚直で不器用な女と思われたほうが騙《だま》しやすいからだ。

　塩結びは冷めてこちこちになっているが、それでも根《こん》を詰めて働いた後は美味しく感じる。下働きの小者が、茶を持って来てくれた。

　いちおう客人扱いなのだ。

　食べながら、見たことを打ち明けた。

「そんなことは百も承知だよ。それよりあんたよく見分けがついたねぇ」

　結びを頬張っていた三津が怪訝そうに、なりえの顔を覗き込んできた。

「あれは、素人《しろうと》でも分かりますよ。わたしはね、そりゃ、高直《こうじき》な物は、見たことはありませんよ。けど瀬戸物屋に奉公していたこともあるんです。だから、瀬戸物は分かるんです。壺や茶碗のほとんどは瀬戸物ですよ。柄だけ似せているんです。あんなものは、そこいらの町家にいくらでも転がってますよ」

柄だけ古伊万里風の茶碗で粋を気取る長屋の隠居は多い。庶民の楽しみだ。

「そんなことはどうだっていいんだよ。騙されたふりして目録を作っていればいいのさ。それも刻《とき》をかけるほどいい」

三津は狡猾《こうかつ》な笑いを浮かべた。

「どういうこと？」

三津の立てている筋が読めない。すると三津は顎をしゃくった。

「ほら巡って来たよ」

庭の隅の小高い築山の前に、若君、松平斉省が現れたのだ。築山から小池に流れる込む滝の様子を眺めていた。顔が少し陰っている。

手は後ろに組んでいた。ひとりだ。

鰯雲が流れた。

雲に隠されていた日差しがすっと庭に差し込んでくる。

斉省の顔がはっきりと見えた。若君という語感から、もっと幼い顔を想像していたが、すでに元服《げんぷく》を終えた斉省は実に清々《すがすが》しい顔をしていた。

十六歳といえば、立派な大人である。その歳で一家の主になっている大名や旗本も多い。

御庭番であればすでに敵中に潜らされている年齢である。

実父、徳川家斉は十五歳ですでに将軍職を引き継いでいる。思えば斉省は、その歳をひとつ超えているのだ。

立派な大人であった。

その面長《おもなが》な顔には実父、家斉の面影《おもかげ》も残っている。だが鋭さがない。

清々しすぎるのだ。

寛政の遺老、松平信明《のぶあきら》を退陣に追い込み、いまなお水野忠邦を筆頭とする本丸老中たちと熾烈《しれつ》な政争をつづける六十六歳の家斉の顔には、いくつもの荒波を潜《くぐ》ってきた独特の渋みがある。

いっぽう二十六男である斉省は、まだ挫折《ざせつ》というものを知らないようだ。その顔は、穏やかすぎて、間抜けにも見える。

御庭番として敵中に入ったなら、最も接近しやすいのは、あの手の顔の人物である。挫折を味わったことのない者は、人を疑うことも知らないからだ。

「あんたはそろそろ蔵にお戻り。これも、持って行ってお食べよ」

突然、三津が塩結びを食べるのを止め、残りを竹皮に包み直し、なりえに寄こした。あからさまなひと払いである。

なりえが呆然《ぼうぜん》として見ると、三津は着物の袂に手を入れた。糸を切るような音がすると、ごそごそと親指ほどの小袋を出した。匂い袋だ。袂の隅に、二重作りにして隠していたようだ。

袋の紐を解くとぱっと麝香《じゃこう》の匂いが放たれた。三津は中の香をすべて放った。秋の風に乗って媚薬《びやく》のような匂いが斉省のほうへと飛んでいく。袋が空《から》になると縁の下に放り込んだ。自分が所持していたことを隠すためだ。

滝を眺めていた斉省が、首を捻った。

「なにしてるの、なりえ、あんたは早く蔵へ行ってなさいよ」

三津がきつい顔で言った。

「そういうことね」

女がふたりいては困るということなのだ。そして筋が読めてきた。

なりえは、庭に面した縁側を後にした。

『刻をかけるほどいい』

さきほど三津が言っていた言葉の意味もこれで判明した。刻をかけるほど機会に恵まれやすくなるということだ。つまり西郷屋の狙いは書画骨董を売り飛ばすなどという生易しいことではないのだ。

次期藩主、斉省を籠絡《ろうらく》しようという魂胆なのだ。

その最初の機会がいま巡ってきたというわけだ。

——とんでもない筋書きだ。

なりえは、いったん裏の蔵へと戻ったが、そこから塀と母屋《おもや》の間の小路を通り、物陰からこっそり庭を覗いた。

築山の前に、三津を見つめる斉省の姿があった。まっすぐな視線だ。三津はといえば縁側に端座し、ひれ伏している。

出入りの商人が偶然、若君と出くわして慌てている体《てい》だ。

三津は日頃の婀娜っぽさを消していた。見事なまでに消している。初心《うぶ》な娘を演じている。

——上手《うま》い。

あの匂いで気を昂《たかぶ》らせ、可憐《かれん》な町娘の気配を醸《かも》し出していれば、若君は手もつけたくなる。

——上手すぎる。

あれはただの芸者上がりではない。

薩摩の坊津で生まれ、長崎の丸山で芸者になり、薩摩の侍に勧められ、江戸に連れてこられたと言っていた。

うすうす感じていたことだが、この話も出来過ぎているのだ。

——薩摩のくノ一。

そう見ると、すべてが腑《ふ》に落ちてくる。

西郷屋の手先なのではなく、西郷屋に送り込まれた薩摩の女間者。忍びの術も心得たくノ一だ。

斉省を籠絡すれば、川越松平家だけではなく将軍家にも手が届くことになる。

実母、お以登の方は二の丸大奥において、いまだお美代の方と並ぶ権勢を誇っているのだ。

斉省に愛でられ、お以登の方に手を伸ばせば、千代田の御城を攪乱《かくらん》することも出来るのだ。

「そのほう、名は何と申す」

斉省が声をかけた。

「唐物屋『西郷屋』の手代三津と申します」

三津は伏したまま答えた。

「構わぬ、面を上げい」
「ははあ」
三津が顔を上げた。
なりえは呆気にとられた。
三津の表情は、まるで十六の可憐な娘なのだ。
斉省の目が輝いた。まずい。
父、家斉の血を引いているならば、淫気《いんき》に火が付くはずである。
なりえは小路を戻った。塀をよじ登り屋根に飛び移る。
斉省にはすでに正室鉚《りゅう》がいる。伯父、松平直温《なおのぶ》の娘だ。
だが側室はまだいない。三津はあわよくば、側室になることを狙っているのだ。
――そんなことは、この姉が許さない。
なりえがはじめて斉省を弟と感じた瞬間だった。
弟を毒牙にかけてなるものか。
なりえは屋根を下り、蔵に戻った。
がらくたの中から、それらしきものを探す。本物をがらくたに替えてはいるが、そのがらくたを本物に見せるのも方便次第だ。

なりえは、もっともらしく能面を探した。

ちょうどよいのがあった。桐の箱に入った古ぼけた能面を見つけた。おっとりした顔の面だ。

桐の箱には何も書かれていない。いかにも古ぼけて見せている紛《まが》い物。骨董屋が本物と混ぜて摑ませる代物だ。

その箱に、さらさらと文字を書き入れた。

『蘭丸《らんまる》命』

まぁ、そうは書かないだろうが、咄嗟にだませればそれでいい。

「笹森様〜ぁ、どなたか、笹森様を呼んでいただけませぬか」

なりえは声をあげた。

すぐに小者とあの人見女が蔵に入ってきた。

「なにごとですか」

人見女が言った。

「笹森様に至急お取次ぎいただきたい。この能面の由来を知りたいのです」

「そなたらが、見立てるのではないのか」

「私の知識を超えるものが出てきました。ちょいと笹森様に相談させていただけませんか」

なりえは品物が何かは言わずに、人見女に伝えた。

「何事だ」

じきに笹森がやってきた。迷惑そうな顔だ。

「織田信長《おだのぶなが》が本能寺《ほんのうじ》での最期《さいご》の際に、森《もり》蘭丸に送ったとされる能面かと。さすがは結城松平家の流れを汲む川越松平家ですね。さすがに私もこれには値段を付けられないです」

と能面の入った箱を差し出した。

「それほどの物か」

「この箱書きをご覧ください。信長直筆かと」

「『蘭丸命《の》』とな」

笹森は息を呑んだ。

「ふたりはそういう間柄であったとか」

根拠はない。だが男色はめずらしいことでもない。そう言ったほうが真実味が出るというものだ。

「本能寺の最期に森蘭丸がこれを手にしていたのを、明智《あけち》の家臣が奪った。そして京に上る途中の明智光秀《みつひで》を襲った山賊が、さらに奪った。価値が分からずに、どこかの楽市《らくいち》で些少《さしょう》の金に替えたものが廻り回って、京の公家衆のもとへ行ったという言い伝えがあります」

「して、どれほどの値が？」

笹森が首を傾《かし》げた。

「千両級でございましょう。西郷屋では扱い切れぬ品かと。迂闊に外に持ち出せるものではありません。笹森様、いまのうちにお持ちくだされ。三津が戻れば、二束三文《にそくさんもん》の値をつけられてしまいます」

なりえは仕掛けた。

「三津とは、もうひとりの女子《おなご》か」

「さようで」

なりえは頷いた。

「三津は何をしている」

「私の口からは申し上げられませぬ」

「言えっ」

笹森は癇癪《かんしやく》を起こした。

「他言無用の約束がなければ、申せませぬ。早くしないと三津が戻ります」

「分かった。他言せぬと約束する」

「三津は二重帳簿を作っております。西郷屋に出すものと我欲のための控えです」

「我欲とな」

「はい、私が本日から呼ばれたのはそのためです」

「詳しく話せ」

なりえはそこで作り話をもっともらしく語った。

「三津は西郷屋の記帳掛かりとしてこちらに参っておりますが、骨董の値打ちを見る目は持っていません。なまじ目のある者など西郷屋は出しません。記帳させ、おおまかな財産目録を作成するためです。ですが三津は、ほとんどをがらくただと報告しています」

笹森の眼が泳いだ。実際、おおかた本物は売ってしまっているのを知っているのだろう。だがここからが勝負だ。

「私は、骨董屋の娘です。目は利きます。このことは三津しか知りません。ですからあの女は、今日から私を一緒に連れてきたのです」

「三津だけが、先に真贋《しんがん》を知るためだな」

笹森も先が読める男らしい。なりえが言わんとするところを察した。

「さようでございます。もしも西郷屋が引き取る段になったら、安物だと言い、自分が引き取るつもりです。あるいはその前に盗賊と手を組むやも知れません」

「なりえ、なぜそれをわしに告げる」

笹森が冷たい視線を向けてきた。

「私は骨董を愛しているからです。確かな物は確かな人に持っていただきたい。例えば、この能面は笹森様のようなお方が隠匿《いんとく》なさったほうが、後の世へと伝わることでしょう。お教えしておきますが、秘仏に近いものゆえ、簡単に売れるものではございません。秘蔵品として五十年先のご子孫に託すべき代物かと」

「それほどのものか」

と笹森は桐の箱を大事そうに受け取った。

「私に我欲はございません。ここにあるものの大半はすでに、置き換わっておりますが、御家の名誉のために口外いたしません。西郷屋へは方便を使います。笹森様、三津と私を、今日限りで追い払い下さい。理由は何とでもつけてください」

なりえは三津ばかりではなく、自分も解雇しろと伝えた。作り話に信憑性が増す。

笹森はふたたび氷のような双眸《そうぼう》を向けてきた。

なりえは目を背けず、見返した。出来るだけ晴れた目を見せる。

ここが勝負どころだ。奈落探索（潜入捜査）では、必ずこうした一か八かの勝負の局面を迎えるものだ。

敗れれば命はない。

不意に三津が戻ってこないとも限らず、なりえの胸は早鐘《はやがね》を打っていた。

「承知した。そのほうらの記帳は刻が掛かりすぎる。今日限りにいたしてもらおう」

「ははあ、すぐにお暇いたします」

「三津は？」

「納戸のほうにおります」

笹森は『森蘭丸命』の能面を大事そうに持ち、蔵を出ていった。どたばたと板を踏む音が遠ざかっていく。

「三津、西郷屋の三津はおるかっ」

小半刻後。

三津となりえは川越松平家の中屋敷を追い出された。

「まったく惜しいことしちまったよ。あとちょいと刻があれば、斉省様の胸中に入り込めたものを、留守居役めが癇癪を起こしちまった」

三津は悔しそうだ。下駄を慣らして江戸見坂を下った。

「私が、もう少し抗弁して笹森様を引き留めればよかった」

なりえも舌打ちしながら歩いた。

「あんた、明日からは西郷屋の本店に戻ってもらうよ。私の下で、いろいろ画策してもらう」

「また三津の下かい。私が一個上だよ」

はすっぱな物言いに戻す。

「お梅をどかして、あんたを女中頭につける。そういう魂胆なら文句もないだろう。花街育ち同士で、あの店を切り盛りしてみようじゃないか」

「それなら悪くはないわねぇ」

いったい三津は何を企んでいるのであろう。西郷屋の手先かと思えば、西郷屋をも攪乱しようとしている。

なりえは、鼻緒《はなお》の具合が悪かったので、屈んで直した。三津はぷりぷりしながら先を行く。

「そこを歩くは、おまんではないか」

坂の下のほうから侍がふたり歩いてきていた。羽織に丸に十字の紋が見えた。薩摩者だ。

「気安く呼ばんとよ」

三津が振り返ってなりえを見る。その顔は強張っていた。

侍たちも後ろになりえがいることに気が付くと、慌てた顔になった。

「いやいや、すまんかったの、人違いじゃった」

侍が片手をあげて、通り過ぎて行った。なりえはその顔に見覚えがあった。

横山町の『清水屋』で見た顔だ。赤穂浪士の装束を頼んでいた侍だった。

あきらかに三津の知り合いだった。なりえが鼻緒を締め直しながら振り向くと、侍たちは川越松平家の上屋敷の門の前で止まり、門番に訪問を告げていた。

二

冬の気配がさらに深くなった夜のこと。

日比谷《ひびや》の水野忠邦の屋敷に、ひとりの侍が訪れていた。長崎奉行、久世伊勢守《くぜいせのかみ》広正《ひろまさ》である。

「御役御免になります前に、気になることがありまして、水野様のお耳へと」

久世は、六年にわたり長崎奉行を務めていたが、年開けをもって退任、御三卿《ごさんきょう》のひとつ田安《たやす》家の家老への就任が決まっていた。

出世が早かったのと『上がり』の役に田安家の家老が与えられたのは、一も二もなく大御所家斉の推しがあってのことだった。

水野は警戒した。

久世は、家斉の側用人《そばようにん》水野忠篤《ただあつ》の親族であった。

忠篤は忠邦と同じ水野姓ではあるが、紀伊新宮《きいしんぐう》家の系統であり、『西の丸派』の中枢と目される側用人だ。

その親族の久世が堂々と門を叩いてきたのだから、忠邦は内心、驚いた。

「長らく江戸を離れての勤めご立派でござった。後は郭内で、ごゆるりと過ごされよ」

水野は世辞を言った。

久世は文政十二年（一八二九）に堺《さかい》奉行となり、天保二年（一八三一）に大坂西町奉行、天保四年（一八三三）に長崎奉行と廻り、来年（天保十年）で退任となるのだ。西の丸派がひとり要職から離れることになるのは喜ばしい。

「薩摩に抜け荷の疑いがございます」

久世は単刀直入に切り出してきた。また驚いた。

「長崎での荷物検めで、なにか不審なものでも出たか」

水野もぶっきらぼうに答えた。

「いえ。長崎ではありませぬ。坊津の入り江で唐船の荷を受けているようで」

坊津は薩摩の港だ。

「もとより抜け荷の拠点とされていた港だが、享保《きょうほう》の改革にて徹底的な取り締まりを受け廃港になったはずではないか」

水野は答えた。

「寂れてはおりますが、入り江は充分に外海からの目隠しとなります。坊津で荷を揚げるわけではなく、積み替えるだけであれば、充分な隠れ港となります」

「積み替えるとは？」

久世の言っている意味がよく分からなかった。

「長崎に入った唐船が荷を降ろします。荷受人は両国の西郷屋です。われら長崎奉行は港でこの荷を検めます。唐物の煙管や陶器、あるいは漢方薬であったりします。禁輸品でなければ、これらの箱に『奉行検め済み』の焼き印を押すわけです。これで我が国の港ならばどこでも降ろせることになります」

「うむ。長崎で検めた荷を、他の港でも検めるのは二度手間、江戸などでは面倒になる」

そもそも異国からの荷は長崎でしか降ろせないのだから、江戸や堺ではそんなことはしない。

それよりも水野は西郷屋の名が出たのが気になった。

「はい。多くの小船が出入りする河岸などでは、とても荷検めなどしておられませぬ。たとえ、その荷の中身がこっそり入れ替えられていてもです」

「それを坊津で行っていると」

「はい、一度長崎を出た薩萬屋の船が坊津の入り江で待機します。暗闇の刻限に唐の船がやってきて、なにやら荷を入れ替えているのです」

　薩萬屋というのも気になった。西郷屋と共に、川越松平家に十万両融通した廻船問屋ではないか。

「で、何を入れているのか分かるか？」

「いや、そこまでは。坊津は薩摩であって、我々が立ち入って検めることは出来ません。琉球交易の根拠地ともされていますが、目を瞑《つむ》っている有様です。これは幕府大目付でなければ問《と》い質《ただ》すこともかないませぬ。よって、こうしてお報せに上がった次第で」

　久世は大きく息をついた。

「大目付か」

　水野は久世が持参した和蘭名物のかすていらを噛みながら考えた。

　果たしていま薩摩を叩くことが得策だろうか。

　久世は西の丸派である。それも気になるところだ。

「そのほう、この件は西の丸側用人には伝えておろうよのう」

　少し皮肉を込めて言った。

「いいえ。それがしは不確かなことを吹聴したりはしておりません。薩摩は加賀《かが》に次ぐ雄藩。確かな証拠もなしに伝え、それが間違えであれば、それがし腹を切らねばなりますまい。これは大目付しか触れぬ事柄として、水野様にお報せに来たまで。吟味はお任せいたしまする」

水野は久世の目をじっと見た。久世は視線を外さなかった。

たしかに久世は西の丸派であるが、同時に有能な奉行でもある。何事にも慎重で、繁文縟礼《はんぶんじょくれい》に則《のっと》ることをよしとする男だ。

むしろ退任間際とあって、一大事を、この水野に預けに来たということではないか。

「うむ。わしが預かろう。その一件、そなたが懸念《けねん》していたこと、しかと記憶しておく。そなたは抜かりない仕事をした」

久世はこの一言を聞きたかったのではないか。

「ははあ」

安堵の顔を見せた。やはりそうであったようだ。預けた以上、他言することはないとみた。

大目付に任せるかどうかは考えものである。

西郷屋と薩摩屋が絡んでいるとなると、勘定奉行格の黒部重吾が画策していることも考えられた。

十万両を工面するにあたり、何か裏仕事をしたのではないか？

黒部に問うのが先だ。

大目付は四名で、たまたまだが本丸派と西の丸派が二名ずつになっていた。おかげで双方に不都合な案件は妥協《だきょう》しあう慣習が生まれていた。

ところが、このたび、どちらにも属さない大沼貴之進《おおぬまたかのしん》が新たに加わった。これがどう転ぶか分からない。

評議でどう転ぶか分からない事案など、諮問《しもん》しないに限る。潰しておこう。

水野は夜半にもかかわらず、黒部の家に小者を走らせた。


翌日、八つ。登城を終えて屋敷に戻ると、すでに書院で黒部が待っていた。

「おい、黒部。おぬし『西郷屋』と『薩萬屋』が薩摩の抜け荷に関わっているのを知っておるな」

水野は決めつけた。

「はい、ですが、それはいまに始まったことでもなく、薩摩では脈々と続いていたことと、幕府もある程度は承知していたはず」

黒部は何をいまさら、と言いたいのだ。

　幕府の権勢が盤石《ばんじやく》であった享保年間とは事情が違う。兵を挙げて叩き潰すほどの力は、いまの幕府にはないのを黒部も重々承知なのだ。

だからこそ財政引き締めが必要になったのだ。

水野は苦々しく思った。

「勘定奉行格のそなたが関わっていれば、火《ひ》の粉《こ》はわしにもかかる」

江戸から遠く離れた西海で、薩摩が多少の悪事を働いたとしても、それが直《ただ》ちに脅威《きようい》になるとは現時点では思えない。だが水野の腹心が薩摩の密貿易に関わっていたとなると話は別だ。疑いは水野にまで向いてくる。

「西郷屋も薩萬屋も、薩摩由来の店ゆえ、断ることも出来ないのではと、それがしは思っております」

黒部は悪びれもせず、そう言い返してきた。

「長崎奉行はすでに気付いておるぞ。わしの耳に入った以上、家慶公《おかみ》に上げぬわけにはいかない。さすれば、大目付に諮《はか》ることになろう。おぬし、西郷屋と薩萬屋との関わりの中で疑念をもたれるようなことはないな？」

水野が睨むと黒部の眼が大きく泳いだ。

「お言葉ではございますが水野様、いまは西の丸一派を倒すことが、何よりも肝要なとき。そのためには、とにかく金が要りまする。勘定奉行格としては、一にも二にも金の工面に奔走しているのでございます。それがし、汚れ役を一身に背負ってでも、水野様の御役に立ちたいと」

俄《にわ》かに黒部が弁明を始めた。だが密貿易に関することへの言及はない。

「薩摩は何をどれほど抜け荷をしておる？」

水野は突っ込んで訊いた。

果たして黒部は重い口を開き始めた。

「精力剤でございます。膃肭臍《おっとせい》の粉塵《ふんじん》に阿片《あへん》が混じっているかと思われますが微量です。薩摩も愚かではございません。世情を混乱させるようなことを起こす気は毛頭なく、色好みの客たちに適量を頒布《はんぷ》するために清国より買い求めております」

「坊津の入り江で積み替えられていた箱は、かなり大きかったとのことだが？」

水野は長崎奉行から聞いていた話を小出しにした。

「はっ、それは、南蛮の王冠や絡繰り工芸品。これは西洋品の蒐集家《しゅうしゅうか》である高家や有力大名の依頼によるもので厳密には禁輸品とまでは言えませぬ。奢侈禁止令のもと、好事家《こうずか》たちは、荷検めで、贅沢品を買い入れていることが発覚せぬよう偽装しているのに過ぎないのでございます」

黒部が懸命に弁じている。やはり絡んでいるのは明白だ。

抜け荷の筋書きが読めてきた。

水野は考えた。

微量の麻薬が混じった精力薬や贅沢品ぐらいであれば、そうそう目くじらをたてることもない。

西の丸派の力を削《そ》ぐことに精を出さねばならないこの時期、薩摩と事を構えるなど面倒なだけだ。

「武器はどうなのじゃ。大砲や鉄砲を仕入れているということはあるまいな」

「それはあり得ませぬ」

黒部は断言した。だが瞬《まばた》きが早い。疑ってかかるべきだ。

「大目付を薩摩藩邸に遣わすのは肚を括って当たらねばならぬが、町方を西郷屋や薩萬屋に走らせるのは容易いのじゃぞ」

果たして黒部の額に汗が浮かんだ。

「いましばらくのご猶予《ゆうよ》を。武器の抜け荷などあり得ぬことでございますが、そ

れがし が西郷屋と薩萬屋に話を聞きます」

黒部の顔は蒼白《そうはく》になった。

「いますぐ西郷屋に質し、日が暮れる前に報せに来いっ。黒部、分かっておるな」

水野は睨みつけた。

黒部は飛んで帰った。

七つ半（午後五時）。

再び日比谷に戻ってきた黒部は、西郷屋孝介と薩萬屋徳次郎を伴っていた。

大商人のふたりはさらに手代を数人引き連れている。それぞれの手代は唐草模様の風呂敷に包んだ大きな茶箱を積んだ荷車を引いて来ていた。

「水野様、まずはこの者たちに詫び料を持参させました」

黒部がひれ伏して言う。背後の商人ふたりは、畳に額を擦りつけていた。

「詫び料とは、抜け荷の件、事実であったのだな」

床《とこ》の間《ま》を背にして座るなり、水野は扇子で膝を打った。鋭い音が立つ。

「それには訳があり申しました。弁明の前に、これを」

と、黒部が西郷屋と薩萬屋に襖を開けるように促した。開くと次の間に茶箱がふたつ並んでいる。四斗樽《しとだる》ほどの大きさの茶箱だ。

「失礼仕《つかまつ》る」

商人ふたりが立ち上がり、水野の前に茶箱を運んできた。目の前にふたつでんと置かれ、蓋を開けられた瞬間、水野は面食らった。

千両箱が十個。それが二箱だ。都合二万両(約二億円)。

茶箱の後ろにふたりがさがり、声を揃えた。

「詫び料でございまする。どうか、お収めくださいい」

水野はしばし絶句した。

「おぬしら、どれだけの武器を薩摩に渡したのだ」

ようやく声を振り絞った。加農砲《カノン》を十門——たとえばそれほどのものを売っていなければ、二万両の賄賂は出せないだろう。

「この者たちは、受け取った金の倍を吐き出しております。商人の始末の付け方でございます。二度とせぬと。よってお取り潰しだけは避けていただけないでしょうか」

黒部が代弁している。黒部はこのふたりを使い、川越への工作を謀《はか》っている手前、いまは切るに切れないのであろう。

西郷屋と薩萬屋は頭を下げたままだ。

「薩摩はなぜ武器を求めている」

「西郷屋に手配させたのは、大砲二門と砲弾、火薬の類《たぐい》と申しております。多くは火薬でございます」

「なにゆえ火薬をそれほど仕入れておる。謀反の疑い充分であるぞ」

「国防のためでござるっ」

黒部は叫ぶように言った。

「なんと？」

「長崎及び薩摩の近海には、この数年、頻繁に異国船が現れております。幕府はそのたびに打ち払い令を出しておりますが、闘うには相応の武器弾薬が入り用になります。ですが、表立ってこれを調達すれば、謀反の色ありと大目付に勘ぐられます。しかるに、英国、露西亜《ロシア》、仏蘭西《フランス》の艦船の大砲の飛距離は絶大、これに抗しうるには、新式の大砲や、余りあるほどの弾薬が必要になりましょう。薩摩は、それらの武器を懸命に手配しているにすぎないのです」

黒部はうち震えながら言っている。

「黒部、おぬし、いつから薩摩の代弁者になった」

「恐れながら、これは水野様の考えにも近いものかと。異国船来襲のたびに、大御所は一つ覚えの様に『打ち払え』を繰り返すのみ。幕府は武器も弾薬も支援しない。それでは、いつかは突破されてしまいます」

黒部の弁には一理ある。

「薩摩に謀反の意思はないと言い切れるか」

「薩摩になんの不満がございましょう。加賀に次ぐ七十七万石。お目こぼしの琉球交易での富も含めれば、実高はそれ以上。外様とはいえ松平島津家という親藩並みの格式も与えられているのです。幕府に弓を引く理由はどこにもございません。むしろ、自前で国防の武器を揃えてくれるは、幕府にとってはありがたいことと、考えるべきかと」

黒部は腹を括っているような口ぶりだ。

水野は眉間《みけん》を扱《しご》きながら考えた。

腹心の黒部が関わっていることが、大目付に露見するのもまずい。

——放っておくか。

——ここは蓋をしよう。

「西郷屋と薩萬屋には川越への融通で世話になったそうだな。その働きに免じて、不問に付す。他言無用の上、ただちに抜け荷からは手を引け。いずれ薩摩とは西海防衛について、しかと意見を交わすつもりじゃ」

事実、水野は早くそうしたいと思っている。己が全権を掌握したならば、早急に国防の強化と異国との交渉にあたりたいと考えている。

開国は避けられない。徳川を存続させたうえで、どう手を打つかである。

「二度と抜け荷には関わりませぬ」

西郷屋が言い、薩萬屋も同時に頭を下げた。

「詫び料、確かに受け取った。下がってよい」

二万両はありがたい。これは西の丸派籠絡《ろうらく》資金に回せる。権力争いは武器より金だ。

三

五日後の夜のことである。

三田の薩摩藩下屋敷に薩摩威勢党の面々が集合していた。

「おのおのがた、もはや一刻の猶予もなくなり申した」

昨日、吉原の『艶乃家』で黒部重吾と会食した鹿島十兵衛は、今宵急遽《きゅうきょ》集まった五十名の志士たちを前にそう宣言した。

下屋敷は鹿島たちが好きに使えるように、勤番藩士たちはすべて引き上げている。殿や若君の御成りも控えられていた。

十畳間を三部屋、襖を外しぶち抜きにし、志士たちは二列に対面する形で座っていた。それぞれの前に膳がある。宴席のようであるが、全員手酌でやっていた。

庫裏《くり》には西郷屋の女中や丁稚が交代で入り、賄《まかな》いを作っているのだ。

「決行はいつにする」

副長の花俣伊蔵が聞いてきた。薩摩翔刀流《しょうとうりゅう》の使い手である。

「師走《しわす》十四日ではどうだ。あの日だ」

「よかろう。寒さが一段と増すころだな。そのあたりがちょうどいい」

伊蔵が同意してくれた。

不意打ちは、まさかと思う時期に限る。夏は、攻めるこちらも息苦しく気持ちもだれる。いまのような晴天の日は、府内では町方が快活に動き回り、三崎の海防陣屋も、士気が低いとはいえ、自己鍛錬《たんれん》のために気合をいれているだろう。

そんな時期は避けるべきだ。

奇襲は奇をてらってこそ効果がある。

この度の狙いは、一気に転覆《てんぷく》を図ろうというものではない。幕府に薩摩の幕政参画を認めさせるための威嚇《いかく》である。

鹿島は頭の中に筋書きを浮かべた。

襲撃は二隊に分かれ同時に、葺屋町と三崎の海防陣屋を襲う。

芝居町を狙うのは、奢侈禁止令の触れを出しておきながら、一方で奢侈の極みである芝居町を放置していることへの抗議。

三崎の海防陣屋乗っ取りは、いかに防備が脆弱《ぜいじゃく》であるかを知らしめるためである。

千代田の御城を狙わないのは、幕府転覆の意思はないと見せかけるためだ。

葺屋町襲撃隊は、中村座、市村座に火を放った後、浜町より船で三崎に合流、立てこもる。

そこから先は上屋敷が引き受けてくれる。

『威勢党はあくまで義憤に駆られてのこと。幕府はそれを咎《とが》めようというのであれば、薩摩は挙兵する』

『三崎の防備は手ぬるかった。以後は薩摩が護る』

『関《せき》ケ原《はら》から二百三十余年がたった。親藩と外様の境があるのは、もはや到底認められない。薩摩は雄藩、藩主島津斉興《なりおき》公の幕政への参画を認めてもらおう』

薩摩江戸家臣団が、そう談判をする手筈《てはず》である。

談判が決裂しそうになった際には、第二、第三の襲撃隊が江戸の旗本屋敷を狙う算段だ。幕臣である旗本は屋敷こそ大きいが、家来はさほど多くはない。

ましてや、この太平の世に、剣術に優れた者などいない。武装した威勢党が襲い掛かれば、ひとたまりもないだろう。

威勢党は続々と芝の湊から上陸してくるはずだ。

薩摩の上、中、下の屋敷がすべて江戸湊の付近に建てられているのは、いつでも増兵、あるいは撤退を可能にするためで、それに近い西郷屋の蔵には、本格的な倒幕を図る際の大砲、鉄砲が隠されている。

筋書きは五年前から練り上げられていた。

「軍議だ」

上座に座している十兵衛が顎をしゃくると、ふたりの志士が座敷の中央に大きな地図を二枚広げた。

人形町通り界隈と三崎の地図だ。

「まずは、三崎についてだ。伊蔵、暗闇でも陣屋は分かるな」

「日暮れから松明《たいまつ》を灯しているゆえ、訳なく目指せます」

「何名必要だ」

「鉄砲隊が二十五名いれば、乗っ取れます。川越の足軽が五百名駐屯《ちゅうとん》しておりますが、名ばかりの兵。鉄砲を打ち鳴らせば、かねてより間者に仕立てていた足軽が、内側で、放火することになっております。足軽たちは、逃げることでしょう。大砲を押さえてしまえば、制圧は簡単です」

と志士が答える。

「大砲を打ってはこないのか」

「砲弾《たま》は常時詰め込まれているわけではないと、手なずけた川越の足軽から聞いておる。こちらが砲弾を持参して逆向きにして打てば、陣屋は吹っ飛ぶ」

伊蔵は自信ありげだ。

「よし、西郷屋の蔵にある砲弾をいくつか持って行け」

「御意」

「葺屋町はそれがしが指揮を執る。四十七士の装束は出来たか」

十兵衛は、誰とはなしに聞いた。

「清水屋に取りに行くばかりとなっております」

座の中のひとりが答えた。若手だ。

「ならば甘辛横丁の西郷屋の出店《でみせ》に届けておけ」

「はいっ」

「鉄砲、弓、矢はすでに入れてあります」

別な若手が言った。

「放火用の火薬もだな」

中村座と市村座、江戸三座のうちの二座を燃やしてしまうつもりだ。

「はい。火薬はまだ薩萬屋の船に載せたままです。店には煙草をすったままの客も来るので、上げてはおりません。ただし大川に停泊させたままの荷船からいつでも近くの川まで運び込みます」

荷船には薩摩の札が立っている。そうそう検められることもあるまい。

「襲撃は闇のうちに行う。観劇の客たちは巻き込みたくない。芝居町の象徴《みしるし》である二座と風紀紊乱の大本である芝居茶屋を破壊してしまえば、町は死んだも同然。町方は勿論《もちろん》、大目付、ひいては老中たちも混乱する」

十兵衛は志士たちに初めて策を示した。

「番方が出てくることはありませんか」

また別な若手が聞いてきた。

「そんなことが起こったら、番方はむしろ御城を固めることを優先する。芝居町など駆けつけては来ない。せいぜい火盗改方《かとうあらためかた》よ。我らはとっとと大川に逃げる。馬に乗って三崎までは追って来れまい」

万全とは言えない。だが完璧な筋書きなどどこにもない。

あとは時の運だ。

「皆の者。稽古を怠《おこた》るな。明日から庭で具体的な段取りに基づいて模擬《もぎ》稽古を行う」

一同から『おうっ』と鬨《とき》の声があがった。

四

「苦しゅうない。面を上げい」

夕刻の江戸城二の丸、御座《ござ》の間。

徳川家斉が奥坊主の善也と共に入ってきた。

「ははあ」

和清は顔を上げた。なりえが一緒だ。先に顔を上げていたようだ。

「和清、庭真院は息災であったか」

「はい、お上のために命ある限り探索するとおっしゃっておりました。いまだ現役とは、それがし驚きました」

久しぶりに武家言葉に戻る。

「あのばばあ、頭巾を被っていたか」

大御所が妙なことを聞いてきた。町人言葉を使っている。使ってみたいらしい。

「はい。剃髪はしてもまだ現役ですよと申しておりました」

「嘘だ。もはや剃髪などしていないそうだ。『女は死ぬまで女でございます』などと生臭い文を寄こした。色っぽいのぉ」

大御所、にやけている。

「何を言っているのやらっ」

なりえが尖った声を上げた。親同士の色恋話を聞かされても困るのだろう。

「おいえに会いたいものだ」

いまは庭真院を御庭番時代のおいえという名で呼んだ。

「庭真院様も同じでございましょう」

和清は追従《ついしょう》した。

「別に会わなくてもよいかと」

なりえはむくれている。母がまた御庭番の仕事に復帰したいなどと言われても困ると言いたげだ。

「それはともかく、あぶなく薩摩のくノ一に斉省様が籠絡されるところでした」

なりえは話の矛先《ほこさき》を変えた。

「なりえが、斉省に様を付けることもなかろう」

「私は姫ではありませぬ。弁えております」

なりえがそう言うと家斉は、刹那、すまなそうな顔をした。

「御城にあがれなかったのをいまさら、とやかく申す気はありません。いまの境遇を気に入っております」

なりえはきっぱり答えた。

「和清、なりえを嫁にとらんか」

今度は大御所がそんなことを言い出した。唐突すぎる。

「座元の嫁になど、なりませぬっ」

なりえが声を張り上げた。

「そのわりに顔が真っ赤じゃのぉ」

大御所がからかうようになりえの顔を覗いた。和清は黙るしかなかった。どう答えてもかどが立つ話だ。

「その川越ですが、板橋から先、大変な様子になっておりました。武力ではなく、商い事ですっかり薩摩の色に染まっております」

和清は見てきた事情をそのまま話した。

「徳川よりも薩摩をとな。分からんでもない話じゃ」

大御所は立ち上がった。

襖を開け縁側へと向かう。

目の前は庭である。先回、闇に紛れて来たときはこの庭に膝をつき、大御所の話を聞いた。

遠くから西の丸を再建する音が聞こえてきた。

あとひと月もすれば落成することだろう。

「幕府開闢《かいびやく》以来、徳川は国を守ってきたのではなく、徳川という家を守ってきたのだ。政治《まつりごと》といっても国政ではなく家政であった」

唐突に大御所が喋り出した。

「戦国の世をひとつに纏《まと》めたのが神君家康公。他の大名はすべて臣下となりましたので、当然のことかと」

和清はそう思っている。

為政者はひとりであらねばならない。それで秩序《ちつじょ》が保たれてきたのだ。

「それもそろそろ終わりだな。徳川一強では、この国は立ち行かなくなる」

庭を眺めながら言う大御所の顔を、黄昏《たそがれ》の光が赤く染めている。

「何というお言葉」

「和清、世辞を言うな。建前を言うな。余は分かっておるのじゃ。『異国船を打ち払え』と言ってばかりでは埒《らち》が明かぬことも、倹約をせねば幕庫が尽きることもな」

巷間《こうかん》噂されている暗君ではなかった。

大御所は見通しているのである。

「あまつさえ徳川はもはや己の力量では、政治の舵《かじ》も切れなくなっている。誰がそうした？　このわしじゃ」

と大御所は自嘲《じちょう》的に笑った。

和清は相槌《あいづち》も打てない。さようとも言えまい。

「だがな、和清、なりえ、よく聞け。これまでのこの国の民《たみ》は、徳川という大きな国の家族であったのだ。余がたまたま、その一家の父親だった」

と大御所はなりえに振り返った。

「親は子に贅沢をさせたくないか？」

そう聞いた。

「はい」

なりえが答える。

「子は倹約、倹約と締めつけられたいか？」

「いえ？」

「時は移ろい、開国を前に治世の在り方も変えねばならぬだろう。だが余の眼が黒いうちぐらい、豪華絢爛《けんらん》たる徳川でよいではないか。徳川の世は放っておいても終わる。開国や政治の一新は、次の世代に任せようぞ。家慶が徳川最後の将軍になるかも知れぬし、その先が続いても、せいぜい三十年であろう」

「ははあ」

和清は思わず同意してしまった。

「だからのぉ。余は、もうちとばかり、我が世の春を楽しみたいのだ。いまが江戸最後の春ぞよ。和清、だから、いましばらく薩摩が手を挙げるのは阻止してくれぬか。なあに、すんの間でよいのだ。余は、この城の中がごわすとか、どせんね、ぎばいやぁ（気張れと）なんて言葉で埋め尽くされるのはたまらんのよ」

大御所が和清の顔を覗き込んできた。御説もっともだ。それでは江戸弁も泣く。

「必ずや阻止してみせます」

今度ははっきりと同意した。

「おぬしらふたりもいましばらく江戸の最後を楽しむとよい。派手な芝居で江戸っ子たちをおおいに楽しませてやれ。余が生きている限りは、奢侈禁止令など空《から》証文《しょうもん》のようなものだ」

「恐れ多い御言葉。東山和清、一命に懸けてでも、薩摩の謀略許しませぬ」

「頼んだぞ」

大御所が戻ろうとした。

するとすっと奥坊主の善也が和清の横に来た。猫のように背中を丸めたまま、囁いた。

「勘定奉行格の黒部重吾殿の様子がおかしい。御用部屋で、水野様との密談が多く羽振りもよすぎるのです」

奥坊主は襖の前に座っているだけではない。その耳は鋭く、幕僚たちの会話を細大《さいだい》漏らさず聞いている。

「薩摩と繋がっていると見るべきでしょう」

黒部の名は、艶乃家の遺手お京を通じて和清の耳に入っていた。薩摩の鹿島十兵衛という男と謀議《ぼうぎ》していたようだ。

「水野様の御屋敷に西郷屋と薩萬屋が入るのを、坊主衆が数人見ております」

善也は俯《うつむ》いたまま、言う。低く唸るような声である。

老中首座、水野忠邦の上屋敷は西の丸下、日比谷濠にある。歴代の老中首座はこの屋敷に入っている。郭内である。西の丸派の奥坊主たちは気付かれないように、ここにも目を光らせている。

あまたの権力闘争を潜り抜けた家斉ならではの指示である。

「越前《えちぜん》も迂闊よな。茶箱がふたつも屋敷に入ったそうな」

大御所が奥へ続く襖をみずから開けながら言う。

「西郷屋が勘定方にまで食い込み、ついには水野様にまで手を伸ばしていたとは」

なりえも唸った。

「和清、薩摩の仕掛けは早いぞ。ぬかるなよ」

大御所が出ていった。

善也が早口に言った。

「大目付、大沼貴之進様のお力を借りることが肝要かと」

「それは私からそれとなく根回しします」

なりえが胸を叩いた。

「頼みました」

善也は大御所の後を追った。


せっかくなので、なりえに千代田の城郭内を案内してもらった。とは言え堂々と郭内を散策するわけではない。

こそこそあちこちの物陰に隠れながら動くのだ。

二の丸から巨大な本丸の大奥側の庭を抜け、建て替え中の西の丸の様子を眺めた。

「まるっきり前と同じに建てるのね」

「そうなのか。さすがは元御庭番だな」

以前の西の丸を見たことがある町方同心などいない。

「大御所として最初に西の丸に入ったのは神君家康公ですよ。その様式に倣っているわけですが、古いですよね。二百年前の図面に基づいているんですから」

江戸中の大工を集めたとあって、完成は早い。

「それが徳川が二百年以上、安泰だった秘訣かも知れんさ」

繁文縟礼のしきたりとは、裏を返せば滅びぬ徳川の象徴である。

家康が作った江戸を吉宗が盤石なものにし家斉が爛熟《らんじゅく》へと導いた。爛熟の次に来るのは、崩壊でしかない。

いまが、江戸最後の黄金期である。

「父は最後まで、変わらぬ江戸を見ていたいのね」

なりえが、骨組みが出来上がった西の丸御殿を見上げて言った。それは巨大な大道具のようでもある。

家斉はあそこで大御所を演じるわけだ。

「この世は、すべて舞台だな」

「座元、そろそろ筋書き作りですね。今回も筒井の旦那から来るんですかい」

「いいや、俺が書く。なりえ、おまえさんも今回は役者だ。活殺《めりはり》をしっかり決めておくれよ」

「がってんです。外題《げだい》ぐらいは固まっているんですかい」

なりえが聞いてきた。

これまで筋書きを書いていた南町の奉行筒井政憲は、よく外題だけを先に告げてきたものだ。役者はそれで、ふんわりとだが芝居の狙いを摑むことが出来る。裏方もまた用意すべきものを想像することが出来る。

「そうさねぇ」

と一呼吸置いた。

話の種《たね》が集まり切ったとはいえないが、薩摩が倒幕を企んでいることは確かで、そいつを阻止する大芝居だ。

なりえが興味津々という顔で、和清の一言を待っていた。

「たとえばよ。『驚天大空籤《ぎょうてんだいからくじ》』ってぇのはどうだい」

「さっぱり分かりません」

なりえが肩を竦《すく》めた。

「おれは敵をがっかりさせたい」

「なんか腰砕けな話ですね」

「いやいや闇裁きも愛嬌がねぇと面白くない。ざっとこんな仕掛けにしてみようかと……」

和清はなりえに案を示した。

なりえはぷっと笑った。

「座元、ろくなこと考えませんね」

日が傾くにつれ江戸の風は冷たくなった。

神無月《かんなづき》もそろそろ終わりに近づいていた。

第六幕　活殺《めりはり》

一

「炭《すみ》ぃ〜、炭はいらんかねぇ」

辻々を歩く棒手振《ぼてふ》りが扱う商物もだいぶ改まってきた。和清は文机の脇に置いた火鉢に手を翳《かざ》し、わずかの間、頭を休めた。

さてどういう手順で筋をすすめるか、だ。

黒幕が勘定奉行格黒部重吾であることは明白だ。

どうやって誘《おび》き出す？

舞台装置や裏の絡繰り部屋を使うのは初めてのことになる。大道具や小道具の裏方たちとも細目を詰めねばなるまい。

だが大仕掛け装置や道具にだけ頼るのもつまらない。芝居は装置や道具を見せるのではなく、役者が演じるものだ。

──人を活かしたい。

千代田の御城で、ある案をなりえに話したら、ろくなこと考えませんね、と笑われた。いいや外連味《けれんみ》たっぷりだ。必ず受ける。

誰に受けるかといえば、敵にだ。

和清は、文机に向き直り、筆を走らせた。まず結末から書き始める。

「座元、客人が」

なりえが木槌《きづち》を持ったままやってきた。舞台では大当たりをとっている『吉原総崩れ』の最中で、なりえはこれから、目玉の妓楼崩しを仕掛けるところだ。

「客?」

ちょうど筆が乗って来たところだったので、和清は眉間に皺を寄せた。

「善也様です」

「承知。木戸番に『道楽楼』にお通しするように伝えておくれ。すぐに行く」

二の丸の坊主頭がわざわざ出向いて来るとはなにごとであろうか。和清は、筆を置き素早く羽織を着た。

開演中とあって道楽楼は空いていた。幕間《まくあい》であれば、雪之丞と団五郎の贔屓筋でごったがえしている。

女将《おかみ》のお栄が気を利かせ、善也を二階の奥の座敷へと通してくれていた。円窓《まるまど》の障子に大川の揺らぎが映っていた。

夏ならば障子を開けて陽をうけて揺蕩《たゆた》う大川を見せるところだが、あいにく、いまは寒い。

「お待たせしました」

和清が入ると、

「お芝居の最中に、押し掛けて申し訳ありません」

と善也も頭を下げている。浅黄色の作務衣姿で正座していた。坊主衣装のときよりも若く見えた。歳は和清よりも少し上なだけではないか。

「あっしは今日は舞台には上がっておりませんのでお気遣いなく。それとここは御城ではありません。どうぞ畏まらずに、足を崩してください」

「いやいや、坊主衆の習いで正座し、背を丸めていなければ落ち着きません。このままで」

善也はいっそう背を丸くした。

猫と話しているようだ。

仲居が膳を運んできた。和清も正座したまま向かい合った。

しょうがないので、和清も正座したまま向かい合った。

仲居が膳を運んできた。銘々の膳に燗酒の銚子と猪口《ちょこ》、あては雷《かみなり》こんにゃく、昆布の佃煮《つくだに》、出汁《だし》巻きだ。

銚子と猪口には天保座の定紋が入っている。これを一対《つい》にして販売もしているがなかなかの人気である。

仲居はそれぞれの猪口に酒を注ぐと、すぐに引き上げた。あとは手酌である。

「川越の庭真院様から、文がござった。和清様に直接お伝え願いたいと」

猪口を呷るとすぐに善也が切り出してきた。円窓から差し込む柔らかな日差しが善也の頭を、いっそう輝かせた。

「どのような」

「三崎の海防陣屋に駐屯している川越藩のある足軽の家族の様子がおかしいと」

「相州警固のお役目の足軽ですね。様子がおかしいとは？」

「足軽の女房が頻繁に西郷屋へ買い物に来ているとの報せがあったそうです。それほどの俸禄《ほうろく》はないはず」

きっとあの女の子が庭真院に報せたのだろう。

「それは確かにおかしなことですな。西郷屋といえば、唐物をはじめとした高じ物ばかりを扱う店、足軽の女房では手が出ないはず。それも頻繁とはいかに」

「はい、川越の西郷屋は近頃では、川越特産品や廉価品《れんかひん》も扱っているとのことなのですが、その女房は高じ物の漢方薬を求めたほか、米や味噌も買っているようですが、銭は一切払っていない様子とか。保坂高次郎と申す足軽の女房だそうです」

善也は雷こんにゃくに手を伸ばした。甘辛な味付けである。

「探索してみましょう」

和清は即答した。場合によっては攫《さら》わねばなるまい。

「そのこと、庭真院様にお返ししておきます。ご安心なされるでしょう」

それからしばし、和清は善也と語り合った。

大御所には小坊主の頃からついており、西の丸に移ってからは坊主頭格になり、庭真院との文のやり取りを命じられていたそうだ。

城外の間諜が御庭番とすれば奥坊主はいわば、城内の間諜役である。ただし、善也いわく、誰の下につくかは坊主の気持ち次第だという。

善也は大御所の人となりに惚《ほ》れこみ、城内の耳目《じもく》となることを買って出たそうだ。善也の下に十人の坊主が表と奥にいるそうだ。

「これからは和清様と密にしなければなりませぬな。城内、郭内はそれがしの一派が引き受けまする。外は和清様のほうでよろしく」

「御意。本丸の御庭衆に負けぬ働きをしてみせまする」

それからまた和清と善也は酒を酌《く》み交《か》わした。

六つ前、階下から賑やかな声が聞こえてきた。天保座の幕が下りたようだ。そのざわめきの声を潮に、善也は引き上げた。

和清はよい友を得たと確信した。

しばらくひとりで飲み、三崎に誰をやろうかと思案した。

場合によっては、筋書きも大きく変わる。

――難儀なこった。

あくる日、なりえは甘辛横丁の西郷屋を訪ねた。

「お梅さん、お久しぶりです」

店番をしていた女に声をかけた。両国本店の元女中頭のお梅だ。

十日程前からここで働いていると知っていた。

「あら、なりえじゃないか。あんた辞めるの早かったねぇ。やっぱり三津とは合わなかったかい」

「まぁ、そんなところです。あの女は、自分よりも旦那や番頭に気に入られる女中を嫌いますから。そもそも私は倉庫番でよかったんですよ」

なりえは調子をあわせた。

なりえが西郷屋を辞めたのは、川越松平家の中屋敷での一件があった翌日だった。

あらかた事情が分かれば、長居は無用だった。探索稼業では、時に場当たりの嘘もつく。

たとえばあの日、弟である松平斉省を三津の色香から守るために、留守居役の笹森に咄嗟に出まかせを言ったようなことだ。

そうしたその場凌《しの》ぎの虚言を吐いた場合は、早めの退散が必定《ひつじょう》だ。笹森がお宝だと聞かされた能面を末代まで隠匿するなどありえない。持って半年。早ければ七日で古道具屋に走るだろう。

もっとも、ばれたところで、笹森が騒げるわけではない。主家の財物を持ち出したわけだから、騒げば藪蛇《やぶへび》になる。とはいえ、なりえは恨みを買ったことになる。

消えるに限った。

「あたしなんかさんざんだよ。旦那に色目を使ったなどと妙な因縁《いんねん》つけられてさ。お内儀さんにまでそんなことを言うもんだから、すっかり嫌われてね。結局、色目を使ったなんて証拠はないから辞めさせるわけにいかず、ここの見世番《みせばん》に飛ばされたわけよ」

人は自分に都合のよい嘘をつく。

「そうでしたか。とんだ災難でしたね。三津っていうのは、本当に性悪《しょうわる》ですね。お梅さんがやり手だったから、引き剝がしておきたかったんですよ」

敵の敵は味方だ。いまのお梅は何でもしゃべる。

「なりえあんた、いまどうしているんだい」

土産物にはたきをかけながら、ぎょろりとなりえの顔を覗き込んでくる。猜疑《さいぎ》心《しん》が強いことに変わりはない。

「私はお梅さんみたいに、頭使って働けないから力仕事ですよ。この先の天保座で裏方に雇ってもらいました」

「あら相変わらず、薪割りとかかい？」

「そんなようなものです」

お梅はなりえがたいした境遇にないと知ると、笑みを溢《こぼ》した。人は他人が自分より下にいると安心する。

「お茶でも飲んでおいきよ」

「いいんですか」

「あぁ、今日は休演日だろう。暇なんだよ」

休演日もなにも花形役者と狂言回しの噺家が、急に三崎くんだりまで探索に行くことになってしまったのだ。

幕の開けようがない。

「ようござんす。私も小屋の仕事がないので暇で」

たっぷりと西郷屋の内情を聞かせてもらうことにしよう。

お梅に誘われ、売台の奥にある板張りの帳場に上がった。帳場といっても上がり框に毛の生えたようなものだ。

店先も売台も見渡せる帳場である。

帳台と小さな火鉢だけが置かれていた。

日頃はここに座って、唐物や役者錦絵《にしきえ》、それに色紙や筆などの気の利いた小問物を売っているのだ。

芝居が跳ねた後、道楽楼に顔を出す役者たちに文を送ったり、あるいは一筆貰うための必需品だ。

天保座の定紋付きの筆と色紙だから、芝居が掛かっている日はよく売れる。座元は甘辛横丁との共存共栄を図っているのだ。

板場に上がると、お梅は火鉢の上で口から湯気をあげている鉄瓶《てつびん》で、煎茶を注いでくれる。最初に両国の本店に上がったときは、なりえにいろいろ嗅ぎまわられるとまずいと、芝の蔵へ追いやったお梅だが、立場が変わって態度も豹変《ひょうへん》した。

いまはとにかく自分の愚痴を聞いてくれる仲間が欲しいのだ。

「川越の煎餅があるんだよ。やるかい」

お梅が帳台の下をごそごそあたり、紙袋を取り出した。まるでへそくりを探すような手つきだ。

醬油煎餅だった。ぱりっとして香ばしい。

「西郷屋さんは、何であれほど川越に食い込んでいるんでしょうね」

水を向ける。

「そりゃ勘定奉行の黒部様だよ。黒部様が川越藩との間を取り持ってくれたのさ」

お梅は勘定奉行といったが、正しくは勘定奉行格だ。庶民にとってはどっちでも、雲上人《うんじようびと》であることに変わりはない。

「どうやって取り持ったんですか」

なりえは、煎餅を齧《かじ》る音を威勢よく立てた。物見高い町娘の体《てい》だ。

「勘定奉行所にいる立場で、川越藩が金のないのを知ったのさ。けれども徳川に金がないので、西郷屋と薩萬屋に融通するように言ってきた、商人にとっては渡りに舟だよ。西郷屋の旦那は薩萬屋と組んで、たいそうな額の金を十年後払いで貸したそうだ。商人は金を貸したら、とことんしゃぶるよ。川越の商業を丸ごと仕切ろうって魂胆さ」

一度回りだしたお梅の舌は止まらない。

「西郷屋さんには、薩摩藩がついているんですか」

「そりゃそうだよ。旦那の孝介は江戸生まれだが、先代は薩摩の出だ。島津の殿様とは先祖代々の繋がりで何かと所縁《ゆかり》が深い。西郷屋はいわば薩摩の御用商人さね。唐物といってもほとんどが琉球物だけど、これを西郷屋はひとり占めにしている。薩摩と琉球の関係なんてどこも割り込めないよ。百年も続いているんだからね。その抜け荷を支えているのが西郷屋で、手下になっているのが薩萬屋さ。薩摩の物産の商権はすべていただいているが、島津家の金蔵にもなっている。それを川越でもやる気だね」

お梅はべらべら喋った。雇い主に不満を持った女中にもはや秘密はない。何でも喋る。だから切るときには用心が必要なのだ。

三津は甘い。私だったら、こんな口の軽い女を呆気なく放り出したりはしない。手元に置いて、活かさず殺さず使う。

「三津っていうのは、長崎の芸者だったって言ってましたが、なんでまた西郷屋に奉公に上がれたんでしょうかね。まったくいやな女でしたよ」

なりえは煎茶を飲んだ。

「おまえさん、口は固いかい？」

お梅がぎょろりと目を剝いた。だがその口は喋りたくて、しょうがないというふうに半開きになっている。

「そりゃ固いですよ。世話になったお梅さんを裏切る真似は出来ません」

どんどん持ち上げた。お梅は『そうかい』と薄笑いを浮かべ、口を開いた。

「あの女は薩摩の威勢党という討幕派の一味が連れてきたんだよ」

「討幕派って」

なりえは大げさに口を押さえた。

「だから内緒だよって」

「はい、煎餅、もう一枚いいですか」

「いくらでもお食べよ」

「討幕派といっても決して別動隊じゃない。薩摩のお抱えさ。お上への言い逃れのために別動隊にしているだけで、三田の下屋敷を根城に使わせている」

「嘘でしょっ」

ばりっと煎餅を齧りながら、いかにもたまげたような顔をして見せる。

「嘘なもんかい。あたしゃ何度もそこに、女中を連れて賄いに行っているんだよ。日頃は自分たちで炊事や家事をしているけど、時々大きな宴会をやるんだ。いい、ぐんぎとか言っているけどね」

それは軍議だろう。

そこから先、お梅はべらべらと喋った。

下屋敷には常時三十名いるが、せんだっては五十人も集まって宴会をやった。

お梅たちは膳を揃えただけで、宴席で何が語られたのかは分からないが、大きな地図を広げていたという。

「葺屋町って町名もあげていたわね」

庭は下屋敷なのに風流の趣はなく、二階家が建てられていたという。

それも藩士が住むためのものではないらしく、あるときお梅は、三十人ぐらいが、刀や斧《おの》を持ってその家に討ち入る稽古を繰り返していたという。

ひょっとして打ちこわしでもする気か？

「こんちはっ。お梅さん、いるかい？」

と、そのとき粋な銀鼠《ぎんねず》の着流し姿の若旦那が店に入ってきた。古着の『清水屋』の寿明だ。なりえは咄嗟に俯いた。

清水屋に元から天保座にいた女だと、ばらされてはまずい。

「お梅さん、厠《かわや》を借ります」

「あいよ。裏口を出た右だよ。そこの下駄を使ってちょうだい」

帳場の裏側に板戸があった。小さな土間がついていて、そこに鼻緒の切れかかった下駄が置いてあった。なりえは清水屋に背を向けたまま下駄をつっかけて飛び出した。

戸を閉めて厠に入ったふりをして、聞き耳を立てた。

「はい、若旦那。ご注文の薩摩の家紋、五十枚。本店から届いておりますよ。でもこんなに何に使うんですかい」

お梅が聞いている。

「はい。薩摩のお侍に、余興用にと赤穂四十七士の衣装を頼まれたんですが、これがもう大変で、葉月にいったん納めさせていただいたのですが、もっときちんとした火事装束じゃないと困るとかで、やり直しを食らいましてね」

寿明が言っている。

薩摩の侍たちが注文しに来た日のことは覚えている。確かに余興の衣装と言っていたが、余興にそれほどの重装備が必要なのか？

「薩摩は本当にあれこれうるさいね。それで出来たんですかい」

「十日ほど前にどうにか出来ましたよ。葉月に国に帰って使うと言っていたんですがね。結局、霜月《しもつき》になりました。余興は延びたのですかと聞くと、どうせなら江戸で雪の日にやろうって話になったようです。江戸の町人でもないのに酔狂《すいきょう》にもほどがありますね」

寿明が声をあげて笑った。

江戸の町人でもないのに、という一言に寿明の矜持《きょうじ》が込められている。

「そうかい、雪の日にですかい。それはきっと三田の下屋敷の庭でやるんでござんすよ。それで帳尻があった。庭に吉良《きら》邸を模した家まで建てていたからね」

それは吉良邸か？

「はい、それで最後の仕上げに家紋を縫い付けてくれと。最初から染め抜きにすりゃぁよかったんですがね」

「そういうことですかい。まぁ、黒字に染め抜きの家紋の布を縫いつけても、遠目には分かりませんよ」

お梅も適当に応対している。

清水屋が引き上げたところで、なりえはお梅の横に戻った。

すると今度は大八車を引いた男が現れた。薩萬屋の半纏を着ていた。

「お梅さん、荷だよ」

「あら寅吉《とらきち》さん、早いね。芝の蔵からの荷ってそれかい」

芝の蔵の荷と聞き、なりえの胸はざわついた。鉄砲や大砲、火薬がこの浜町に運ばれてきたというのか。

「そうだ。裏の物置に入れていいかい」

「あぁ、頼んだよ。旦那からこっちの物置に回すって言われただけだ。あたしの知ったことじゃないよ」

お梅は帳台の下から鍵を出し寅吉に渡した。そういえば厠のさらに奥に掘っ建て小屋があった。

薩萬屋の人足たちが、荷車を店の裏へ引いていった。真四角の木箱がふたつ乗っている。『甘』と書かれた箱だった。

——『甘』は甘辛横丁の略だ。

中身を知っているなりえは慄然《りつぜん》とした。

『下』と書かれた箱もあったことを思い出す。では『下』はなんだ？

「寅吉さん、取りに来るのは、下屋敷のお侍たちかい？」

お梅が聞いた。

——『下』は下屋敷だっ。

合点《がてん》がいった。

「さぁね。誰が取りに来るかなんて、俺らは知らないね」

寅吉は店先で、煙管を咥えて一服つけていた。

「お梅さん、私、そろそろ行くわね。どこで油売ってたんだって、やかましい親方に叱られちまう」

「そうかい。またおいでよ。あたしゃ、ほんと三津が憎たらしくてね」

お梅はまだ話し足りないといった顔をしていたが、もはやこれだけ聞けば充分だった。

なりえは、冬の日が差す甘辛横丁を、全力で駆けた。

一刻も早く、座元に報せなければならない。

二

浜辺は朝靄《あさもや》に包まれていた。

千楽は軽い船酔いを覚えていた。足元がふらついている。

「雪さん、そんなに早く歩かないでおくれよ。船なら楽な旅だと思ったら大間違いだった」

陸《おか》に上がってもまだ、くらくらとしている。

「まぁ、師匠にはきつい揺れだったですね。今日はずいぶんと荒れていました」

旅の途中の若侍風の出《い》で立《た》ちをした雪之丞が手を引いてくれる。

千楽はいまは薬売りの格好だ。だが、小芝居用の紋付き袴を包んだ風呂敷を背中にしょっていた。

ふたりは、たったいま三崎の浜に上がったところだ。

千楽を三崎に送りだすにあたって陸路ではしんどかろうと、座元が気を使い、わざわざ船を仕立ててくれたのはよかったのだが、海は大荒れで死ぬかと思った。

「あれが海防陣屋か」

丘の上に砦《とりで》のような囲いが見えた。砲台が三門ほどこちらを向いている。

「そのようですな」

「しかし保坂高次郎という足軽の顔は、わしら知らんのだよな」

よたよた歩きながら聞いた。

「すぐに割り出しますからご心配なく。段取りはわっしがやりますから、師匠は喋るだけで。というか、この浜辺からは、靄が晴れないうちにとっとと上がりましょう。陣屋から丸見えです」

雪之丞に促され、千楽も目いっぱい速足で上がった。

焦って転ぶ。

舞台なら笑いを取れるところだ。

「師匠、ひとり芝居なんかしねぇでくだせぇ。遊ぶところじゃねぇです」

「遊んじゃいない」

砂だらけになりながら、千楽は前進した。

浜辺から丘に上がり、海防陣屋とは逆のほうに歩いた。ちょうど靄があがったところであった。

宿場に入った。

東海道の宿場のような賑やかな宿場ではなく、こぢんまりした宿が多い。問屋場も見当たらない。宿場とは名ばかりで花街といった感だ。

それも旅人よりも、漁師が相手の宿のようだ。

どうりで、朝っぱらだというのに留女《とめおんな》が大勢うろついている。

暗いうちから漁に出て、一仕事を終えた漁師たちがやってくるのを待ちかまえているのだろう。

いずれも相撲取りのような女ばかりだ。

「あんな凄い女には捕まりたくねぇな」

千楽などは首根っこを摑まれたら、ひとたまりもなさそうだった。抱きつかれただけであちこちの骨が折れてしまう。

「だから、わっしと一緒にいれば大丈夫ですよ」

雪之丞は颯爽《さっそう》と前を進んだ。

小体《こてい》な旅籠の前で、案の定、巨体の留女がふたり飛び出してきた。

「旅人さん、休んでいきなまし」

「おお、休んでいくとも。案内せい」

雪之丞が胸襟から木札を取り出し、ちらりと見せた。

「おっと、お役人さんかい。これはすみませんでしたね」

「公儀である」

目付探索方の鑑札を見せたのだ。

黒の漆塗りの木札に葵の御紋があり、その下に金文字で『目付探索方』と書かれている。見ようによっては位牌《いはい》だ。

真っ赤な偽物だ。

そもそものような鑑札など存在しない。

見た者は驚くばかりで疑いようもない。

だが、この界隈を道中奉行が見廻るのは年に一度あるかないかという程度である。そのわけは相州は天領であるが、この三崎には川越藩が駐留しているからだ。

色街で遊ぶのは漁師の他は川越の足軽たちだ。幕府道中奉行といえども、他国の侍を裁くのは憚られる。無頼な行為があっても、それを裁くのは川越藩の役目だ。

徳川幕府は絶大な権力を持っているが、各藩における自治は尊重している。あくまで謀反の兆候がないか御庭番を探索に当たらせているだけである。

ただし、謀反の兆候があれば、容赦なく叩き潰す。

座元はそこを逆手にとることにした。

「この方は、上役だ。訳あってこのような扮装《ふんそう》をしておる」

まずは町の者を騙しておく。

ふたりは、旅籠に上がりひと眠りすることにした。

大芝居を打つのは日が暮れてからだ。千楽は草鞋を脱ぎ、足湯に浸かりながら言うべき台詞を組み立てていた。

雪之丞とは別々の部屋で寝た。

日が暮れた。

外が賑やかになってきた。留女の張り切った声が通りのほうぼうから聞こえてきた。千楽が起き上がり障子窓を開け出格子から下を覗くと、男たちの群れが歩いていた。

漁師や農民の姿も多少は見えるが、そのほとんどは、粗末な小袖を着た侍たちである。

上から覗いているとまるで川のようだ。

この旅籠の前に雪之丞が立っていた。留女と仲良く話している。よく日に焼けた潮の香りのする留女だったが、やたら雪之丞にべたべた触ったり、もたれかかったりしている。

——雪の字め、役者の色香を振りまきやがったな。

留男にでもなるつもりかいな。

と、欠伸をしながら眺めていると、留女が群れの中の侍を指差し、雪之丞の袖を引いた。

雪之丞が顎をしゃくった。

留女が数人で飛び出していく。

「高次郎さん。今夜はうちでしょう」

「保坂のお兄さんっ、今夜は負けておくよ」

やはり薩摩と通じている川越藩の足軽、保坂高次郎のようだ。

「逃がさないわよ」

留女たちが三人がかりで、保坂に絡みついている。

「保坂、お前、今夜は人気だな」

一緒にいた同輩らしき侍が羨《うらや》ましそうな顔だ。留女たちはその侍にも抱きつく。

「山形《やまがた》様も今夜は負けておきますよ。こっちへどうぞ。はい保坂兄さんは、こっちの旅籠、山形様はお向かいの旅籠に」

留女たちが保坂の仲間を引き剝がした。

――雪の字、色気だけでなく、相当金を摑ませたな。

留女たちは雪之丞にまるで操り人形のように動かされていた。これも色男ゆえになせる業だ。

「山形、では終わったら角の蕎麦屋でな」

同輩がにやけた顔で、女の肩を抱き向かいの旅籠に入って行くと、保坂は上機嫌でこちらの旅籠の暖簾をくぐった。

郷里を離れた任地にいる足軽にとって、岡場所に来るのが最大の楽しみである。雪之丞は千楽が寝ている間に、保坂の馴染みの女を割り出していたということだ。

――ならば、次はわしの出番じゃ。

千楽は顔を洗い、紋付き袴に着替えて、下に降りた。

階段の下で雪之丞が待っていた。胸襟をはだけた女郎が、雪之丞の腰に両手を回していた。雪之丞は鬱陶《うっとう》しそうだ。

「ただちに乗り込むのは、なんだか無粋《ぶすい》じゃの」

千楽はどう見計ろうかと思った。

「けんど、お役人さん、真っ最中のときに入られては、女も焦りますよ。それは勘弁してやってくれませんか」

と女郎が言う。女郎は協力者だ。

「武士の情けで、終わるまで待ってやろう」

雪之丞がそう言って保坂高次郎が女郎と入った部屋の隣の襖を開けた。雪之丞は甲賀《こうが》の出であり厳しい修行を積んだ忍びである。

だが一方で天保座の看板役者なだけあり、愛嬌がある。

天保座の闇裁きは愛嬌があることを旨としている。

座元いわく『裁きの娯楽性』の追求である。よく分からねぇが、やられるほうも、そのほうが諦めがつくのかも知れねぇ。

今夜は闇裁きではない。

狙いは別だ。

艶《つや》っぽい声を聞きながら一杯やり、女郎が出ていった音を聞いたところで、千楽はいきなり隣から襖を開けてやった。

保坂は仰向《あおむ》けに寝ていた。浴衣姿だ。外した褌が畳の上に転がっていた。

「公儀改めである。それがし大目付松方健太郎《まつかたけんたろう》。ここに控えるは目付雪村昌行《ゆきむらまさゆき》」

まず名乗った。ついでに千楽も胸元から大目付の鑑札を取り出して掲げた。芝居で時々やらされる水戸光圀《みとみつくに》の役を思い出しながらやる。

こんな位牌のような鑑札などあるわけないのだが、誰も見たことがないのだから、本物だと思うだろう。しかし立派過ぎる鑑札だ。

「川越藩藩士、保坂高次郎だな」

保坂は、慌てて浴衣の前を搔き合わせている。気持ちは分かる。だがそこを検めに来たのではない。

「そのほう薩摩藩と密通し討幕を企むとは不届き千万。神妙にいたせ」

千楽が大上段に言い、脇で雪之丞が縄を取り出した。

「はあああっ」

保坂が布団から飛《と》び退《の》き畳に正座しひれ伏した。おそらく相当前から覚悟をしていたのであろう。

「この場で腹を切ってお詫び申し上げます。武士の情け、妻女との離縁だけはお認めくだされ」

保坂は涙している。

「切腹はならん。刀を戻すことは出来ぬ。まずは調べだ」

千楽は、断言した。岡場所では大小を帳場に預けるのが決まり。ここにはない。

保坂がよろよろと立ち上がり、茶色の小袖に腕を通した。

部屋を替えた。

二階の千楽の部屋へと連れていき、話を聞いた。

保坂は観念してか、妻のお夏が義母の病に効く薬を西郷屋で万引きをしたことから、薩摩威勢党の花保伊蔵という侍と通じたまでの経緯をすべて話した。

伊蔵はおそらく薩摩の庭番であろう。

ここまでたっぷり半刻（約一時間）かかった。保坂の目は死んでいた。川越に戻されると思っている。

普通はそうだ。そののち藩から沙汰がおりる。それまでの間は生き恥をさらすことになるのだ。

「伊蔵はいつ三崎に攻め入ってくると言っていた？」

肝心なことを聞いた。

「師走十四日。赤穂の浪人が吉良邸に討ち入った日でございます」

保坂ははっきりと言った。

保坂の役目は、上陸の目印になるように松明を焚くことで、陣屋に詰める藩兵はおそらく全員逃げ出すはずだ、とも言った。

領地替えが間もなくだからだ。だから誰も命など落としたくない――薩摩は上手くそこに目を付けたのだ。

ここから千楽の大芝居が始まる。併せて雪之丞がひたすら鋭い眼光を飛ばす。

「おぬし、いましばらく生きておれ」

千楽はにやりと笑った。これも芝居の内である。苦み走った雰囲気を出さねばならぬ。声をぐっと低くして言った。

「どういうことで」

「そのまま幕府方の間者として働け」

「はい？」

保坂は戸惑った。

「川越松平家は親藩中の親藩。その藩から不忠者を出すのはいかがと思う。われら大目付としても老中に上げづらい。だが、そなたが幕府方の間者であったとなれば別だ」

「はっ」

保坂の目に精気が戻った。

「師走十四日。薩摩の一党が攻め込んで来たならば、おぬしは構わず大砲を撃て。他の兵士には何も言わなくともよい。襲撃を知っているのはおぬしだけだからな。おぬしは、伊蔵たち薩摩威勢党の船が来襲したならば、ただちに撃てっ。たったひとりで反撃しろ。そこで戦死しても名は残り、追い払えば豪傑として出世が見込まれるだろう」

千楽は巧みに口説いた。

「ここで腹を切っても無駄死に。一か八か出世に賭けるか、だ。承諾すれば、我らが、保坂高次郎は幕府方の隠密《おんみつ》であると目付名簿に記しておこう」

雪之丞がさらに甘い汁を流した。

「まことでござるか」

「このようなこと、嘘で言えると思うか」

千楽が追い込むと、遂に保坂は頷いた。


二日後。

和清のもとに、千楽と雪之丞が戻ってきた。千楽は船に弱いらしくよろよろで、しばし床に伏した。

雪之丞から事の次第を聞いた。

師走十四日に三崎を襲撃することが知れた。

なりえとの情報を重ね合わせると、おおよその構図が見えてきた。

筋書きを書く種《たね》は揃った。

なりえと結髪のお芽以《めい》を甘辛横丁の西郷屋の出店に足繁く通わせた。お梅がべらべら喋るほどに、西郷屋と薩摩の動きが知れた。

和清は巻紙に、さらさらと筋を書き始めた。

書き始めると早い。


その日、なりえは西郷屋のお梅から、ついに薩摩藩三田下屋敷に賄いに出かけたときの詳細を聞き出した。

お梅は『茸屋町の芝居小屋で薩摩藩士が忠臣蔵の芝居をやるらしい』とちんぷんかんぷんなことを言った。

断片だけを聞きかじって、なりえに面白おかしく聞かせたに違いない。人の気を惹きたい者ほど話を作りたがる。

だが満更、嘘ばかりとは限らない。中には真実もある。それを座元に伝えて、なりえは大手門の下乗《げじょう》門に向かった。

八つ半（午後三時頃）。

勤めを終えた幕臣たちがぞろぞろ出てきている。門の外の広場にはそれぞれの家来たちが待っていた。その人数は途轍《とてつ》もない。

どれほどの大名でもこの門からは、草履取りと挟箱持ちだけしか連れて入れない。さらにいくつかの門を潜り御玄関に進むと、そこからはひとりだけで上がらなければならないのだ。式台から先は茶坊主だけを頼りに動くしかないのだ。

帰りも同じである。

大藩大名であろうが老中であろうが、草履取りと挟箱を持った家来ふたりだけを連れて歩いてくる。

広場で待つ家臣たちの前に進み、ようやく駕籠にのり、三十名やら五十名やらの行列を組み帰途につくのである。

大目付大沼貴之進が扇子で首を叩きながら出てきた。新進気鋭の大目付である。二十六歳。なりえはごった返す広場の前で声をかけた。

「貴ちゃん」

挟箱持ちが目を剝いた。

「無礼者っ。立ち去れ」

駕籠の前で片膝を突いていた大沼家の近習《きんじゅ》の者たちも、いきなり立ち上がった。

「あれ、なりえちゃんじゃないか?」

大目付は扇子の先をこちらに向けて笑った。相変わらず屈託のない笑顔だ。貴之進とは幼馴染であった。同じ麴町の武家地で育った。

当時貴之進は二千石旗本石丸《いしまる》家の三男であったが、文武に優れた神童として注目され、家格違いの大沼家に養子となったのだ。

実は文武の武を教えたのは、なりえの母でおいえであった。三男ゆえ有力道場へ通わす費《つい》えがもったいないと、自習を余儀なくされていた貴之進に、こっそり母が教えていたのだ。なりえの御庭番としての訓練と一緒にだ。

三男ならば格下の御家人の家へ養子を出してもよいと石丸家も考えていたらしい。ひょっとしたらそうなっていたかも知れない。

だが、貴之進は思いもしない良縁に恵まれた。小振りながらも親藩大名家の婿養子として迎えられたのだ。

貴之進、十六歳のときだった。

別れの手紙を貰った。楽しい日々だったと書いてあった。

なりえはまだ十歳だ。色気づくはるか前のことだが、いまに思うと、貴之進は未練があったのかも知れない。

甘酸《あまず》っぱい思い出だ。

生来の素質に家格が加わった貴之進は、出世街道を邁進《まいしん》した。後ろで糸を引いたのは言うまでもなく家斉だ。母が勧めたに違いない。貴之進当人が知らぬだけで、西の丸派なのだ。

「十年前の返事。私、子供だったからね」

文を手渡した。

貴之進の顔が真っ赤になった。

なりえはすぐに踵《きびす》を返した。もっと出世してくれればいい。そう思いながら、そのまま横山町の清水屋に向かった。

薩摩が頼んだ四十七士の衣装と同じ物を発注することになったのだ。

今日はやたらと忙しい。

夜は夜で団五郎と小道具の松吉と一緒に、西郷屋の蔵に忍びこみ、細工をしなければならない。

座元は三日前から一心不乱に筆を執っている。凄い芝居が出来そうだ。

三

天保九年、師走十四日。

遂にその日がやってきた。

六つ半（午後七時頃）。

夜空はあいにくの暗雲で、いまにも雪が降ってきそうな気配である。

元禄十五年（一七〇二）の師走十四日も、こんなふうに空気が張り詰めてあったと記されている。

どうせなら雪になればいい。

和清はそう思いながら、天保座の前で紋付き袴姿で立ち、訪れる客たちに頭を下げていた。

間もなく天保座初の夜興行『驚天大空籤』の幕が開く。天下無双の大芝居だ。

浜町堀から天保座へと繋がるおよそ五丁（約五百五十メートル）の甘辛横丁は、今宵に限って左右に揃いの提灯を掲げ、畦道《あぜみち》に毛が生えた通りもさながら吉原の仲乃町通りのような艶《なま》めかしさを放っていた。

客がどんどんやって来る。

御府内には『大御所が見物に御成《おな》りになるらしい』

という噂が流れていた。

いや、一座の周囲からそれとなく流しているのである。

城内でも大御所みずからが『行く』と断言されていた。西の丸老中から本丸へとその意向はすでに伝えられている。

大御所が見物に行くといえば誰も止められない。

ただしお忍びとした。
一、葵御紋の将軍駕籠は使わず、宝泉寺駕籠で出る。
一、表だった伴は連れず周囲は町人下級武士に扮《ふん》した隠密衆で警護する。
一、あくまでお忍び。天保座にはこっそり入る。周囲には報せない。
すべて和清の筋書き通りに大御所は演じてくれている。なりえがそう仕向けたこともあるが、なにより大御所が御城で対面した際に、

『見に行きたいのぉ』

と言ったのである。

これで黒部重吾は刺客を放つはずである。

西の丸派との権力争いに終止符を打つためには、西の丸の主《あるじ》である徳川家斉を亡き者にするのが、手っ取り早い。

大御所の芝居見物はまさに暗殺するには格好の場となる。

老中首座、水野忠邦との関係を盤石なものにしたい黒部は必ず刺客を送り込んでくるはずであった。

それを承知で『面白い。的になろうぞ』と腰をあげてくれた大御所のことは、必ずお守りせねばならない。

その守りは堅固なはずだ。和清はその一手も観客に仕込んである。

あたりが一段と冷え込んできた。


「ようこそ、西郷屋様。わざわざのお運び恐悦至極《しごく》でございます」

和清は頭を下げた。

西郷屋孝介の後ろには薩萬屋徳次郎もいた。これにも頭を下げる。

「控櫓と聞いたが、この盛大な造り、もはや本櫓と変わらぬのう。これで大御所様が御成りになれば、本櫓への昇格も決まったようなものであろう。いや、めでたいめでたい」

薩萬屋に囃し立てられた。

「大御所様が御成りになるなど噂にすぎませんよ」

和清は苦笑いした。

「さすがは座元、芝居がうまいっ。商人ではかないませぬわ」

今度は西郷屋が振り向きざまに言った。

「ごゆるりとご覧ください。幕間で楽屋へご案内いたします。舞台裏の見学も一興でございますよ」

挑発には乗らず頭をさげる。

「それは楽しみ」

と西郷屋。

「瀬川雪之丞の一筆はいただけますかな。妹にせがまれまして」

薩萬屋も狡猾な笑いを見せる。

「もちろんですとも」

和清は木戸のほうへ手を伸ばした。さっさと進んで欲しい。

「うちで働いていたなりえって女が、ここで世話になっているそうだが、今夜はいるかい」

三津だ。銀鼠の江戸小紋に黒羽織。商家の女手代というより深川芸者の趣だ。

隣に紫の頭巾を被った女がいる。

初対面だが察しはついた。西の丸大奥の梅沢だろう。大御所の顔が分かる者を連れてきたということだ。

やはり今夜ここで狙う気だ。

「はい、裏方をしております。頃合いを見てお席にご挨拶に伺わせます」

「あぁ、久しぶりに会いたいねぇ。ついでに市山団五郎の一筆と手形をもらえないかね」

「はい、なりえに持たせましょう」

このふたりは二階の桟敷席に通す。なりえが地獄への案内人となる。

これで西郷屋《タヌキ》と薩萬屋《キツネ》と三津《メスネコ》を、天保座という地獄の釜に誘い込んだ。

——貴人はまだか。

和清は首を長くして待った。


暗い海に銀色の波が立っていた。

月明かりはなく、弁財船の船首から放つ強盗《がんどう》提灯十基が頼りだ。師走の江戸湾は荒れており、船は激しく揺れていた。

五艘仕立てだ。正三角形の隊列で三崎に航行している。船を動かしているのは薩萬屋の船乗りたちだ。

花保伊蔵は総勢二十五名の鉄砲隊を連れていた。

各船に鉄砲隊を五名ずつ配置していた。

鉄砲ばかりではない。伊蔵の乗る先頭の一番船には、西郷屋の蔵から運び込まれた加農砲《カノン》が一門積んである。清国から運んできた英国製大砲だ。砲弾はおよそ五貫(約四十一ポンド)だ。飛距離は撃ってみないと分からない。

伊蔵は目を凝《こ》らした。闇の中に微かに三崎の黒い稜線《りようせん》が見えてきた。

波に揺さぶられながらも、船は三崎に接近していく。

風に揺れる松明の灯りが、一本、二本、三本と見えてきた。

伊蔵は船首に躍り出て、強盗提灯をゆっくりと振った。振り子のようにゆらゆらと振る。

陸地からも同じように光が揺れるのが見えた。懐柔《かいじゆう》していた川越藩の足軽、保坂高次郎が伊蔵たちの接近を認めたということだ。

「よしっ。加農砲に砲弾をこめろ」

「はいっ」

黒の小袖に股引《ももひ》きという火事装束の薩摩威勢党の侍ふたりが、弾薬箱から砲弾を取り出そうとした。

「軽い。これならひとりで持てますよ」

ひとりがそんなことを言っている。伊蔵は不思議に思ったが、構わず強盗提灯を揺らし続けた。

船はどんどん陸地に近づいていく。

松明の光が最初の三本から、点々と左に広がっていく。保坂が灯しているのだろう。左に十本灯ると、今度は起点となっていた灯りから、右に点々と広がっていく。こちらも十本となった。

めざす海防陣屋の全幅が分かった。

一発大砲でこけおどし、浜辺に上陸したところで鉄砲を撃ち鳴らし、一気に海防陣屋に攻め上がる。

不寝番は四人しか立っておらず、それも常時海を見張っているわけではなく、陣屋で団欒《だんらん》しているのに過ぎないという。

もっとも異国船はこの二年、三崎や房総《ぼうそう》には現れてはおらず、警戒心が薄れるのも、仕方あるまい。

加農砲の飛距離を試す格好の機会であった。陸地での試射などほとんど不可能だからだ。伊蔵は砲の背後に下がった。

陸とはまだ距離がある。

もう少し接近したい。

「船方、もっと陸へ近づけろ」

「へいっ」

帆の角度を変え、船は正面から三崎へと進んでいく。はっきりと海防陣屋が見えてきた。

「撃ち方はじめぇ」

伊蔵は声を張った。

砲身が微震し、尖端《せんたん》から白煙が上がった。爆音は伊蔵が思っていたよりも低かった。白煙と共に砲弾が飛び出していった。

次の瞬間、伊蔵は息を呑んだ。

暗黒の空に大輪の花のような火花が浮かぶ。伊蔵は訳が分からなかった。

手下は二発目を装填《そうてん》し終えていた。

「撃てっ、撃てっ」

「はいっ」

もう一発、飛んでいく。

今度は枝垂《しだ》れ柳《やなぎ》が浮かぶ。どこからか『鍵屋《かぎや》ぁ〜』『玉屋《たまや》ぁ〜』という掛け声が聞こえてきそうだ。

「両国の川開きじゃねぇぞ。西郷屋、荷を間違えやがったな」

伊蔵は砲弾箱に駆け寄り、中を検めた。

一見砲弾に見える玉がさらに三個入っていたが、取ってみると軽かった。しかし花火の尺玉ともどこか違う。加農砲で飛ばしても空へしか飛べないように鉄で細工されているのだ。こんな砲弾はない。

伊蔵は歯嚙みした。誰かが威勢党の企みに気が付いたのだ。気付いたうえで、わざわざ砲弾の火薬を入れ替えるとは、我らを小ばかにしているとしか思えない。

どんな奴らかと思うとぞっとした。

「ええい、かまわん。花火を打ち上げろっ。船方は、筏《いかだ》を降ろせ。我らは陸《おか》に上がるぞ」

伊蔵は叫んだ。得体の知れない恐怖にとり憑《つ》かれたようだ。身体が強張った。

三発目、菊形の大輪の花。四発目で恐怖はさらに増した。

夜空に丸に十字の紋が描かれているではないか。それも真っ赤に燃えているように見える。

「うぅうう」

四肢が震えてきた。

「筏はまだかっ」

早く陸に上がり海防陣屋を奪わねば、気持ちが落ち着かぬ。

弁財船は浅瀬に入るぎりぎりのところで停まった。浜辺までは筏だ。

「筏降ろします」

船方がふたり掛かりで筏を海面に降ろした。背後の四隻《せき》も同じように筏を降ろしている。

「者ども、乗れ、鉄砲を忘れるな」

恐怖に駆られているせいか声が裏返ってしまう。手下たちの動きもどこかぎこちない。妙な花火を見てしまったからだ。

先にふたりが筏に飛び降りた。海面は暗く強盗提灯だけでは心もとなかった。

「ええい、もう一発花火を上げろ」

伊蔵は筏を覗き込みながら叫んだ。

「はいっ」

手下の若者が砲弾に見える花火玉を装塡した。

次の瞬間、こちら側からではなく海防陣屋のほうから轟音《ごうおん》があがり、見ると砲門から橙色の炎が見えた。砲弾が飛んでくる。

伊蔵の船のすぐ横で大きな波しぶきがあがった。

「なんとっ」

伊蔵は面食らった。だがここで退いては、面目《めんぼく》が立たない。

「ええい、花火を上げよ」

叫ぶとすぐに玉が上がった。

夜空に浮かんだ花火は葵の御紋。

伊蔵たちをあざ笑うかのように延々と輝いていた。

「くそっ」

伊蔵は筏に飛び乗り浜に上がった。手下たちも続いた。松明に縁どられた海防陣屋がはっきり見えた。

「撃てっ、撃つのじゃ」

伊蔵の号令に、次々に到着した手下たちが発砲していく。乾いた銃声が三崎の浜に響きわたった。

が、海防陣屋の大砲が、再び火を噴いた。

「うわぁああ」

砂が舞い上がったかと思うと、手下が三人、後方の海へと吹き飛ばされていった。

「おのれ、保坂っ」

と伊蔵は刀を抜いた。闇に紛れひとり陣屋に躍り込んでも、保坂を斬らねば気が済まない。

が、そんな思いはむなしく吹っ飛んだ。

思いだけではなく伊蔵は身体ごと吹っ飛ばされた。

本物の砲弾はずしりと重く、身体を粉々にした。


来た来た。

和清は腰を落とし、身体を折り曲げながらその行列を待った。

勘定奉行格、黒部重吾の来座である。

毛槍《けやり》、挟箱持ちを先頭に総勢五十人の行列である。四人に担がれた大名駕籠が、いかにも勿体《もったい》を付けるように、ゆるりゆるりと進んでくる。

大御所が見たならば『田舎大名よなぁ。わしなら馬で行く』と笑うだろう。

駕籠が到着した。

和清は駕籠の前に進み、両膝を突いてお辞儀した。

「わざわざのお越し、痛み入りまする。天保座の座元、東山和清にございまする」

口上を述べた。

和清の背後には座員三十名もひれ伏している。

「たいそうなもてなしだな。苦しゅうない、面を上げよ」

和清はゆっくり顔を上げた。目が合った。

黒部は一瞬首を傾げた。

「そのほう……」

渡り中間の清一ではないか？　と言おうとしたはずだ。和清は遮《さえぎ》った。

「本日の出し物、喜劇でござりまする。市井の者たちのささやかな御政道への揶揄《や》《ゆ》、何卒ご寛容《かんよう》なお心でご覧くだされば……」

「案ずるな。余は町奉行ではない。堅苦しいことは申さぬ。それより……」

と、黒部は身体を屈め、和清の耳もとで『大御所はまだか』と囁いた。清一とは別人と思い直したようだ。

もとより中間として潜り込んだときは、人相を変えてある。役者は役に入り込むほど、顔の印象は変えられる。

「まだのようでございます」

「御成りになったならば余に報せよ。いかにお忍びであっても余は幕僚のひとりじゃ、事あれば知らぬではすまされぬ」

「しかと心得ました。お席に使いを走らせます」

「頼んだぞ」

黒部は近習の者四人だけを引き連れて、小屋の中へ入った。案内は芝居茶屋『道楽楼』の女将お栄が引き受けた。

地獄の釜に最後のひとりが入った。

しばし間があいた。

しんしんと寒さが増してきたな、と空を見上げると、雪が降ってきた。

ひらひらと落ちてくる。

居並ぶ提灯の光が雪にぼやけ始めた頃、浜町堀を曲がり、こちらに向かってくる宝泉寺駕籠が見えた。

駕籠の周りを町人、僧侶、町娘、侍、岡っ引きなど、まるでとってつけたような衣装の番方が囲んでいる。

来たっ。

和清は緊張した。

本当に来たか、と思わず震えた。

大御所は確かに行くとは言った。だが和清は半信半疑であった。五十年も天下人であった徳川家斉が、畦道に建ったばかりの控櫓に御成りになるとは、気まぐれでしかありえない。そう感じていたからだ。

気が変われば、取りやめになる。貴人ほどその傾向は強い。最後の最後まで分からなかった。

誘い水に乗って黒部や西郷屋が来ればそれでよかったことでもある。

だが大御所は本当に来た。酔狂にもほどがある。本当に的になってもよい気なのだ。和清は惚れこんだ。

駕籠が到着した。今度は仰々《ぎょうぎょう》しい挨拶は禁物だった。どこぞの御隠居がやって来たという体《てい》で受けなければならない。

和清は立ったまま、少しだけ前かがみになり両手を太腿《ふともも》に付け待機した。

虚無僧《こむそう》が先に通りかかりながら言う。

「中の首尾は？」

「上々にございます」

虚無僧は通り過ぎていった。駕籠舁きが扉を開けると、まごうことなき徳川家斉が下りてきた。

家斉が振り向くと、すっと尼僧が近づいてきた。庭真院だ。

ふたり、並んで笑っている。

「なりえの働きを一緒に見ようってことになってな。どんな舞台こさえているのやら、だ」

大御所に肩を叩かれた。逢瀬の場に天保座を利用したということだ。庭真院も芝居見物と誘われて出て来たに違いない。

「ねぇ、和清さんとなりえはお似合いじゃない」

庭真院が大御所の顔を覗く。連れ合いの目だ。

「うむ。わしもそう思っている」

「ご案内いたしまする」

和清は先導した。

先導しながら考えた。

幕開きは千楽のひとり語りで楽しませるが、四半刻のうちに雪之丞が戻らねば、空中で大見得の見せ場、とりあえずなりえの替え玉で、凌《しの》ぐしかない。

その場合は両親へのよき贈り物になろう。


鹿島十兵衛たち四十七名は人形町通りをひた走っていた。赤穂浪士の衣装に丸に十字の紋を縫い付けてある。

雪がひたひたと降ってくる。

まさにおあつらえ向きの趣向となった。

市村座、中村座は、すでに今日の興行は終えているが、界隈の芝居茶屋や小料理屋はまだ賑やかで、あちこちから酔客の声や三味の音が聞こえてきた。

いまに度肝を抜かれることになる。

十日ほど前から、この通りで薩摩藩士が余興の路上剣劇をやる、と界隈に触れまわっていた。

あくまで剣劇だと。

南北町奉行所には、手筈通り西郷屋と薩萬屋の番頭が、有無を言わせぬほどの額の賄賂を渡してある。

三田の薩摩藩下屋敷は高輪泉岳寺に近く、なにかと由縁《ゆえん》を感じることから、勤番侍一同で赤穂の浪士を偲《しの》び大道芝居をしたい。ひいてはそれは芝居町が好ましく、町民にも楽しんでもらうという趣旨だと伝えた。

もちろん薩摩島津家からの正式な言上ではない。あくまで酔狂な勤番侍のお遊び。その酔狂に芝居好きの西郷屋が洒落で力を貸したという体裁である。

師走十四日。

この日付けが、本筋を見えなくしてくれていた。赤穂浪士は町民の間で義士と称《たた》えられ、この日は芝居や講談でよくとりあげられるからだ。

重装備の火事装束で、太刀《たち》だけではなく鉞《まさかり》や鉈《なた》まで持参しているのに、すれ違う人々は拍手をしてくれる。

錯覚とは面白い。

松明を掲げ、刺股《さすまた》や梯子まで持って走っているのに、だ。

これが頬被りし、小袖の裾を端折《はしょ》って走っていれば、一揆か盗賊となる。

百三十余年前の赤穂の浪士に感謝だ。あんたたちのおかげで、暗殺、破壊も美談になった。

義あれば、打ち壊しも美化される。

「者どもっ、存分に打ち壊すぞ」

市村座と中村座は並んで建っていた。

昼間ならその前の通りは、粋を気取った老若男女でごった返しているのが、いまは閑散としている。賑やかなのは小屋の裏手にある芝居茶屋ばかりだ。

十兵衛は走りながら太刀を抜いた。

二座の手前まで来て、第一声を張り上げた。

「我らに大義あり！」

どこかから、どんっ、と太鼓の音がした。

——なんだ？

あまりに見事な相槌に動揺したが、構わず口上を述べる。吉良邸前の大石内蔵助《おおいしくらのすけ》の真似だ。

「政治《まつりごと》を徳川親藩のみで執り行うは卑怯《ひきよう》千万。我ら薩摩威勢党、徳川に替わって奢侈の根源である芝居町を成敗いたす」

背後から『おうっ』と四十六名の声が上がる。

「いよっ、大薩摩《だいさつま》っ」

と斜向《はすむ》かいの料理屋の二階から若旦那風の男が大向こうを入れてくる。

――いや、もう芝居でねぇでごわす。

と、胸底で呟いたが、町民の支持を得ているようでもある。

「市村座に梯子をかけろ」

十兵衛は後ろに控えるふたりのほうを向いた。すぐにふたりが梯子を立てかける。芝居小屋の象徴である本櫓を破壊することで、その威厳を地に落としたい。

「かかれっ」

「他の者は、木戸をこじ開け、舞台を叩き壊せ」

最後は火を放つつもりだ。

四十六士が一斉に市村座を取り囲み、鉞を振るった。

陣太鼓が鳴った。

――誰がそんなもの持ってきた?

どん、どん、ど～ん。

どん、どん、ど～ん。

一打ち、二打ち、三流れの拍子。山鹿《やまが》流陣太鼓の拍子だ。赤穂浪士討ち入りの芝居では、大石内蔵助が叩き続けるのが定番だ。

なんだか妙な気分になった。誰かがわれらを茶化している。

「ええい、なにをもたもたしておる。早く定紋を剝ぎ取り、櫓を引きずり降ろせ」

梯子を上っている志士を叱咤した。

と、そのときだ。

本櫓に人影が現れた。

黒い影が陣太鼓を叩いている。

向かいの料亭の出窓が開き、いきなり光が放たれた。

光は巨大な強盗提灯であった。直径十五寸（約四十五センチ）はありそうな強盗提灯。それが三基だ。

――何が起こっている。

十兵衛は狼狽《うろた》えた。これはもはや誰かに茶化されているのではなく、我らの襲撃が悟られていたということではないか。

火盗改か？

闇に音の姿がはっきり浮かぶ。十兵衛たちとそっくりな黒の火事装束に身を包み、男は市川團十郎《いちかわだんじゆうろう》ばりの大見得を切った。

「いよっ。空見屋《そらみや》っ」

「待ってましたっ」

ほうぼうの料理屋の窓から大向こうが掛かる。

十兵衛は混乱した。

何か違う催しと合流してしまったのであろうか。

「薩摩臭い芝居《いも》など、見とうないわ。われらは町の義士よ。相手になってやる」

と空見屋は、くるりとまわって背中を見せた。

『町』

と染め抜かれている。

十兵衛たちの家紋は、

『田』

に見えた。

妙な按配《あんばい》だ。

「やーい田舎者っ。町に勝てんのかっ。ここはお江戸の芝居町だぜっ」

野次が飛んでくる。

何たる侮辱《ぶじょく》。

というか、そういう競い合いの場面ではないはず。

「ええい構わん、壊せっ。市村座から壊せっ」

十兵衛は笛を吹いた。

薩摩威勢党の五人が一斉に市村座の木戸に鉞を打ち付けた。

「おっ、いっちょまえに田組《たぐみ》が勝負に出たぞ」

野次が飛んできた。

――われらは『田組』ではないっ。

木戸が中から開いた。

同じ装束の赤穂浪士が大勢出てくる。みんな背中に『町』の紋を縫いこんでいる。

「いよいよ町組の反撃だぜ。よしっ、町組負けるな。田組なんかやっちまえ」

いまや通りに面した店や料亭の二階の窓はすべて開き、やんやの野次が飛んでいる。

——見世物ではなか。

と叫びたかったが、剣劇をやると触れ歩いていたのは我らである。町衆がそう思うのも無理はない。

役者衆であろうか。動きが軽やかだ。

鉞を振り回す威勢党に対して木刀で応じている。舞踏のような鮮やかさで飛び、鉞を躱すと、大上段から木刀を振り下ろしてくる。

その動きは素早い。威勢党の者たちの数倍の速さで打って出てくる。

「ぐわっ」

「なんとっ」

威勢党の志士たちが次々に額を割られていく。町組は強かった。四十七士どころか百人ほどの赤穂の義士が出てきている。

威勢党志士はあっと言う間に押し戻された。

さらに通りの両端から梯子や刺股を持った義士たちが続々と詰め寄ってきた。

全員が『町』の紋入り火事装束を着ている。

わっしょい、わっしょい、とか言いながら左右から詰め寄って来た。

「わぁあ」

「邪魔立てするな」

威勢党の志士たちは鉞を振り回そうとするが、刺股で押さえつけられ、身動きが出来なくなった。威勢党志士ひとりが、三人の赤穂義士に取り押さえられていく。

いつのまにか芝居町の表通りは義士だらけになっていた。

まるでお祭りだ。

まいった。

これではわれらの大義が伝わらない。

「町組の圧勝だな。勝負にならねぇ。与太郎《よたろう》、おめえの勝ちだ。蕎麦に天麩羅《てんぷら》かい」

賭けている者までいる。

「あ〜ぁ。薩摩はやっぱ芋だわねぇ。あたいなんか一朱（約六千二百五十円）もすっちまいそうだよ」

そんな声まで聞こえた。なんだかさんざんだ。

「とことん虚仮《こけ》にしやがって」

十兵衛は最後の気力を振り絞り、懐から短銃を出した。南蛮渡来の雷管《らいかん》式短銃である。

せめて市村座の上で陣太鼓を叩いている男ぐらい撃ち殺さねば立つ瀬がない。

引き金に手を掛けた。発砲した。

白煙が上がると同時に、男の姿が消えた。

──忍びか。

そう察した瞬間、雪之丞は十兵衛に向かって飛んできた。右手を差し出してくる。人差し指と中指を十兵衛の顔に向けていた。

その二本がどんどん目に近づいてくる。顔をそむける間もなく、二本同時に突入してきた。

「くはっ」

視界が真っ赤になった。

雪之丞の指は、そのまま眼の裏側まで入ってきた。

──くり貫かれる！

恐怖が先に立ち、心の臓がきゅっと締まった。息が出来なくなった。雪之丞が耳もとで囁いた。

「鹿島十兵衛殿、討幕は二十年ほど早すぎましたな」

それが十兵衛がこの世で聞いた最期の声となった。


天保座。

和清は上手袖の目窓から客席を覗いていた。

徳川家斉が目を細めていた。

隣の庭真院は『まずまずだ』という顔をしていた。

ちょうど団五郎相手の立ち回りで、雪之丞に扮したなりえが宙返りを決めたところだ。芝居として見れば上出来だが、御庭番とすれば並の宙返りなのであろう。

そこに裏口から雪之丞が帰ってきた。

「首尾は？」

和清が聞いた。

「上々。威勢党は壊滅いたしました。踊り衆が四十七士を投げ込み寺へ放り込みに行っています。じきに戻りましょう」

言いながら雪之丞は火事装束を脱ぎ、舞台衣装に着替え始めた。金刺繡《ししゅう》のきらびやかな羽織をつけている。

そこへなりえが袖から引き返してくる。

「雪さんお帰り」

「舞台は？」

「いまは団五郎さんがひとりで獅子《しし》をやっています。赤毛獅子です」

「あい分かった」

雪之丞が白毛獅子の鬘を被り、悠々と舞台へと向かって行った。

雪之丞、団五郎の『連獅子』は前半の最後の見せ場である。紅白の毛を右回り、左回りと揃って回す。最初はふたりで回し、徐々に背後に踊り衆たちがやや小ぶりな鬘を付けて参加していく段取りだ。終《しま》いには総勢三十名がぐるぐると毛を回す圧巻の中で、幕を閉じることになる。

「では、裏のほうも仕掛けに入ろうか」

和清は袖に控えていたなりえをはじめ、結髪のお芽以、大道具の半次郎に声をかけた。

「はい、あっしとお芽以は屋根裏へ」

半次郎が細い糸を右手に巻きながら答え、お芽以のほうはとりかぶと入りの小瓶を振ってみせた。

「おふたり、よろしく」

そう言い、なりえと共に客席に向かう。

客席に降りるなり和清は一階の西郷屋と薩萬屋の座る席へ。なりえは二階の三津と梅沢のいる席へと向かった。

「西郷屋様、薩萬屋様、いまのうちに楽屋のほうへご案内いたしまする。幕が閉まっては、場内が混雑いたしまするゆえ」

和清はふたりの業突張《ごうつくば》り商人に声をかけた。一階の上手寄りの升席だ。

「さようか」

ふたりは腰をあげた。升席の定員は四人であるが、貴人は、ふたり一升としている。その升席の前にある板敷の通路を進み、和清は舞台上手袖の下にある戸口へと先導する。地獄への案内人の気分だ。

舞台では連獅子の真っ最中だ。派手な音曲《おんぎよく》に合わせて看板役者ふたりが、長毛の鬘をぐるぐる回している。

背後にはすでに五人の踊り衆が入っており、同じく長毛を振り回していた。客が目を回さねばよいが。

「どうぞこちらからお入りください」

と舞台裏へとつながる戸を開けながら、和清は客席を見回した。

前から十列目。

花道から一升目に大御所と庭真院は座っている。連獅子は目が回るのか、あまり見ておらず、ふたりは仲睦《なかむつ》まじい夫婦のように語り合っていた。

もちろんその前後左右の升席には警護の番士が大勢詰めている。

が、警護の升のひとつ後ろ、大御所から数えれば二升後ろの升に黒部重吾がひとりで座っている。

ときおり上手二階の桟敷席を見上げていた。

視線の先には三津と梅沢が座っている。梅沢が三津に大御所の位置を教えているようだ。

そのとき庭真院も二階の桟敷を見上げ、ふたりを認めた。途端に厳しい眼になった。

ちょうどなりえがふたりのほうへと向かっているところだった。

なりえも庭真院の視線に気づいた。母娘《おやこ》は瞬時にして目で語り合ったようだ。

梅沢が裏切っていることを知ったのだ。

三津と梅沢が刺客だ。

庭真院はすぐに大御所に向き直ったが、笑顔に戻っていた。

梅沢が立ち上がった。なりえとすれ違いに階下に降りていく。いずれ黒部の升に向かうのだろう。

「舞台袖とはこんなふうになっているのか。忙しいのぉ」

西郷屋が言った。

「しかし雪之丞という役者、絢爛豪華を絵にかいたような役者だなぁ」

「はい、いまにお連れしますので、控えの客間に」

和清は腰を折りながら狭い通路を案内した。

楽屋をちらりと覗かせ、その先の客間と称した部屋に案内する。十畳ほどの部屋だ。出窓の外に大川が見えた。

「いまごろは、三崎も葺屋町も大騒ぎだろうね」

西郷屋孝介は薩萬屋徳次郎に話しかけた。

「でしょうな。そして間もなく黒部様も上手く仕留める」

薩萬屋の顔に笑みが溢《こぼ》れた。西郷屋もつられて高笑いした。

「さすれば御老中も黒部様を勘定奉行に引き上げることは間違いない」

「ということは西郷屋さんもますます幕府に食い込みますな。まずは何をなさるおつもりじゃ」

「わしを川越藩の勘定奉行に取り立ててもらうようにいたす。そののちはより大きな藩の勘定を任せてもらう」

きっぱりと言った。

かねてからの希望であった。

士農工商、片腹痛い。商あっての国ではないか。

「士《さむらい》がやる政治など、自分たちの権益を守るためだけのものですからのう」

薩萬屋が追従してきた。

「さよう。手にしようというのは賄賂ばかり。結局は元から持っている権益を、われらに与えて金をせびるしか能がないのじゃ。わしらなら商いになることならなんでもやる」

「西郷屋さんが幕閣に入ったならば幕庫もすぐに立ち直るでしょうな」

「それが狙いで薩摩を推している。徳川では到底ありえぬが、薩摩がひっくりかえしてくれたならば、わしらにも目が出てくる」

いまに商人の手で政権を奪ってやる。そのためなら打ち壊しだろうが暗殺だろうが、どんなことにでも手を貸すつもりだ。

そしていよいよ、その嚆矢《こうし》が放たれようとしている。

まだ舞台のほうから音曲が鳴り響いてくる。いましばらく待たねばならないようだ。

「しかし、茶も出ませぬな」

薩萬屋がぼやいた。

すると襖の向こうから声がかかった。

「遅くなりました。お茶をお持ちしました。よろしいでしょうか」

女の渋い声がする。

「ありがたい。入ってくれ」

「はい」

襖が開いた。

その瞬間、底が抜けた。

「えっ」

「うわっ」

十畳の畳がそっくり抜け落ちて、ふたりは床下へと転げ落ちた。臭い。五間（約九メートル）ぐらい下だ。そこはどぶのような溜池だった。足が付かない。

西郷屋は必死で手を掻いた。薩萬屋はどぼどぼと沈んでいく。

地震でも起きたのだろうか。

「うわ～、助けてくれ」

上から覗き込んでいる男がいる。座元だ。

「悪を助けるため阿漕《あこぎ》の限りを尽くしたおふたりだ。最期まで泥水をたっぷり飲んで死になせい」

「なんだとっ。黒部様も来ているはず。わしらが消えたらこの小屋、虱潰《しらみつぶ》しに探されるぞ」

脅してやる。

「黒部様なら幕が下りる頃には失脚していますよ」

座元がそう言って襖を閉めると、今度は天井が落ちてきた。初めに座っていた辺りでぴたりと止まる。きっと畳ばりの部屋がまた出来たのだろう。

下は真っ暗闇になった。臭い。

蓋をされた感じだ。次第に体力が尽きてきた。何度か沈んだ。そのたびに泥水が口に入ってくる。

「うっぷ」

薩萬屋の身体らしきものが浮き上がってきた。突いても返事はなかった。

「うぅうう。ぐへっ」

西郷屋も徐々に浮力を失ってきた。どぼどぼと沈んでいく。泥水に溺れながらふと脳裏に浮かんだのは、これでは勘定が合わないという思いであった。

連獅子が終わろうとしていた。舞台には総勢三十名が上がり長毛を回転させている。

ここで前半の幕となった。

和清は舞台上手袖の網の目窓から客席を覗いた。

大御所の升では庭真院が持参してきた重箱を開けていた。それはそうだ、大御所はめったなものを口にしない。

ふたり楽しそうに食べている。

こんなときがくるとは互いに思っていなかっただろう。

その二升後ろで、黒部重吾と西の丸大奥中臈《ちゅうろう》梅沢がさかんに西郷屋と薩萬屋が座っていた升を眺めている。

姿を消したままなのを気にしているようだ。黒部が袂から煙管を出した。梅沢に渡している。和清は首を捻った。

梅沢は膝の上で煙管を弄《いじ》っていた。葉を詰める部分の金具を取ろうとしているようだ。

――吹き矢だ。煙管を吹き筒にするのだ。

和清は客席に出た。ここで押さえたいところだが、それではせっかく書いた見せ場が出せなくなる。

和清は仕置きも敵の驚きにこだわる。

まだだ。

黒部と梅沢が座る升席のさらにひと升後ろに控える、若旦那風の男に目配せした。男は頷いた。

二階の桟敷席を見上げると、ちょうどなりえが三津に挨拶をし終えたところだった。

瞬きで伝達があった。

『三津の煙管が怪しい』

上からも狙うということだ。どちらかは庭真院に撃つのだろう。

和清も梅沢のことを伝えた。

——さあて、いよいよ仕上げだ。


四半刻ほど中入りがあって、ふたたび幕が開いた。

黒部重吾は西郷屋と薩萬屋が戻っていないことが気になっていた。

「あの者たち、どうしたことか」

梅沢に聞いた。梅沢は西の丸中臈だが、大御所のお手付きではない。わがままで知られるお美代の方の部屋付きを長くしていたことから、好き放題にさせている大御所をも恨んでいた。

そんなことからこちらに寝返ってきたのだ。

「商人など信用なりませんよ。これから起こることの責めがまわってこないように、裏で茶でも飲んでいるんですよ。金を出してくれるのはありがたいですが、最後に手を下すのは私ですからね。黒部様、お願いしますよ。水野様に取り入って私を本丸大奥の御年寄に取り立ててくださいな」

「分かっておる」

大御所亡きあとは当代家慶様の天下だ。当面執政は水野忠邦となるが、それをひっくり返して余が躍り出るためには、大奥から吹き込むのが最善であろう。

梅沢も手なずけた。金は西郷屋が運んでくる。

あとは老中首座という座を手にするまでだ。

芝居は寺の境内で富籤《とみくじ》を引く場面だった。

「本日は天保座初の夜興行、かくも盛大に御参集いただき、まことにありがたく、御礼申し上げます」

村の庄屋に扮した座元が口上を述べている。

芝居の筋は、前半で盗賊が奪った金を裏同心が取り返し、それを貧しい村の衆に富籤で分け与えるというたわいもないものだった。

「さては、ご愛敬につき、本日はここに集まったお客さまにもお裾分けといたします。富籤の番号はお席の升の番号でございい」

客席が沸いた。

つい黒部も目の前に張ってある木札を見た。

『し－五番』

「当たると嬉しいですね。籤まで待ちますか」

梅沢が言う。煙管を咥えている。

「うむ」

いきなり芝居が始まった。

「早く引いでくれ。おらのいえは寝たきりの婆さんがいるんだ」

村人役がそう言った。他の村人衆も囃し立てた。

「合点だ」

先ほど連獅子をやったひとり市山団五郎が鉢巻き姿で長い柄のついた銛《もり》を持ち上げた。目の前には大きな木箱が置かれている。

ふたつ先の升で大御所も前のめりになっている。当たろうという気か？

「まずは一両」

座元が声を張り上げた。団五郎が銛を差し込み、当たり札を引き上げた。座元に手渡され、読み上げられた。

「ろの八番」

おぉおおおおっと村人のひとりが飛び上がり、客席の中でも立ち上がる者がいた。侍だった。すぐにお茶子《ちゃこ》が客に走り寄り引換証を渡している。

「これは面白いわ」

梅沢が煙管を咥えた。まだ矢は入れていない。

二階桟敷席を見ると三津も煙管を咥えて身を乗り出している。薩摩のくノ一だ。芸者から町娘までなんにでも化けられる女だ。

今回は婀娜っぽい役を演じているが、その気になれば清廉《せいれん》な町娘にもなれる。怖い女だ。

「次を早く突けっ」

客の気持ちを代弁するように、村人が叫ぶ。

「おうっ」

団五郎が銛を差し込んだ。

「ほの十番」

また歓声が沸く。舞台から目が離せなくなった。梅沢も同じようだ。まあい い、いましばらく籤引きを見守ろう。

賞金も徐々に吊り上がっていく。

一両から三両、五両と上がっていく。天保座は大盤振舞《おおばんぶるまい》をするようだ。

どれぐらい夢中になって見ていただろう。小半刻は見入っていただろう。賞金は跳ね上がっていた。

「十両になったぞ」

と、梅沢の横顔を見た。

唇が濡れていた。目を閉じている。

「おいっ、どうしたっ」

肩を揺すると、梅沢はごろりと黒部の腕の中へ頽《くずお》れてきた。煙管がその細い指の間から溢《こぼ》れ落ちる。すでに毒矢が入っていた。

慌てて天井を見上げると、するすると糸が昇っていくところだった。糸の先にまだ雫《しずく》が付着している。

――とりかぶと、だ。

糸がすっと天井裏に消える瞬間、わずかな隙間から、下を覗いている男と女の顔が見えた。ふたりとも不敵な薄ら笑いを浮かべていた。

なんだこの芝居小屋は。怪しい。怪しすぎるぞ。背筋が凍った。膝が震えてきた。この場は逃げたほうが良いのかも知れない。

黒部は梅沢を放り、立ち上がった。

「しの五番」

この升の番号が呼ばれた。

「わっ」

恐怖が頂点に達した。

「いや、それがしは勘定奉行所の者ゆえ遠慮する」

伴の者たちも駆け寄ってくる。

黒部はさっさと升の柵をまたいだ。

「勘定奉行格、黒部重吾、諦めぇ。役目によりそのほうを捕縛いたす」

いきなり真後ろから声がかかった。振り向くと何とそこに立っていたのは大目付、大沼貴之進。

「何の真似じゃ」

「そのほうの悪巧み、すべて見通しだ。薩摩威勢党は死に果てたぞ」

「そのようなことは知らぬ」

白《しら》を切るしかなかった。

「そこに転がっている煙管が何よりの証拠。大御所様に危害を加えようと試みたことは必定っ。覚悟せい」

足元が崩れていくような錯覚を得た。頭はくらくらしている。黒部は平静を失った。

「邪魔立てするな、どけっ、どけっ」

さすがに大御所の後ろから出ることは本能が避け、横に出ようとした。

「無駄じゃ」

大沼の声に観客一同が一斉に立ち上がった。

「ここにいる者すべて番方だ」

大御所と庭真院だけが座っていた。大御所が振り返った。にやにやしている。

「おぬしだったか。籤がはずれたようじゃのう」

「えっ、あっ、ひっ」

思考が停止していた。幼児になってしまったような気さえする。そのとき、二階桟敷席から一本の矢が飛んできた。

三津が放ったに違いない。大御所に向かって飛んでいく。さっと庭真院が立ち上がり扇子で払った。

次の瞬間、三津が二階から落ちてきた。尻から落ちている。二階の桟敷の三津の席だけ底が抜けたのだ。

真下の板が割れて、にょっきと剣山《けんざん》がせりあがってくる。直径一間の剣山だ。

どんな花を活けるのか知らないが、あれが尻に刺さったら痛い。

「ぎゃあああああああ」

三津が絶叫した。木戸から捕り方が入ってきて取り押さえた。

この間、番方たちの間隔が少し開いた。

黒部は、走った。ひとりで舞台へ向かって走った。太刀を抜いた。

「どけ、どけ、どけっ」

舞台に飛び上がる。村人たちは上下《かみしも》に走り逃げた。

と、舞台がぐるりと半周した。

「えっ」

舞台裏は檻《おり》になっていた。

三方が太い木で格子状に覆われているではないか。中央に太い柱が立っている。その横には、責め道具の重石《おもし》が十段も積まれていた。

「な、なんだ、天保座っ」

黒部は絶叫し後退《あとずさ》った。脚ががくがく震えてくる。

すると舞台が再び回った。急回転だ。客席側に向く。助かったと思った。が、
次の瞬間、黒部は再び動転した。

花道の途中の蓋が開き、いきなり黒装束の女が飛び出してくるではないか。先ほど桟敷席にいた女だ。いつの間に潜った。

爪先を伸ばしてくる。

「なりえっ、爪先ではなく、膝でいきなさいっ」

大御所の横にいた尼僧が立ち上がって叫んでいる。

女は宙で膝を曲げた。

「大見得を切れよ」

今度は舞台の袖から声が飛んでくる。

逃げるとか、躱すとか、黒部にそんな余裕はなかった。膝頭が眼前に迫ってきた。

「いよっ、道具屋っ」

意味不明の大向こうが飛んだ瞬間、顔に膝がめり込んできた。

「ぐわぁっ」

鼻が陥没した。黒部はその場に頽れ、女は着地した。顔面に激痛が走った。痛い。顔が痛い。頬を触ると血塗《ちまみ》れになっていた。

また舞台が回る。

牢獄が見えた。

なりえとか道具屋とかと呼ばれていた女に今度は回し蹴りを食らった。

「うわっ」

牢獄側に突き落とされた。

檻の左右の扉が開き、さきほど舞台で見たふたりの役者が入ってきた。

「頼む、それぞれに千両やる。助けてくれ」

黒部は血だらけの顔で懇願した。

「あいにく、あっしらは千両役者でね。そんな金、貰わなくとも稼げるんで。なあ団五郎」

「おうよ、雪之丞」

ふたりに縄で柱に括りつけられた。

「一丁上がりっ。お縄にしたぜ」

雪之丞とやらがそう叫ぶ。

と、舞台から柝《き》が入る。

かんかんかんかんかんかん。

廻り舞台を半分ずつに仕切っていた板が、ばたんっ、と倒れた。客席から牢獄が丸見えになった。

「各々方《おのおのがた》、どうぞお好きに」

　座元の声がした。

　三百人の客が——いやほとんどが大目付配下の番方なのだが——一斉に何かを投げつけてきた。

「わっ、うへっ、くぅうう、げふっ」

　牡丹餅《ぼたもち》や饅頭だった。四方八方から小豆餡《あずきあん》に包まれたずっしりとした牡丹餅や薄皮饅頭が飛んでくる。

　顔が餡こだらけになった。

「殺すなら、さっさと殺せ。ひと思いに殺せ」

　黒部は絶叫した。武士にとってこれほどの屈辱はないではないか。餡こまみれで死ぬのは嫌だ。

「うわっ」

　ひと際大きな牡丹餅が、陥没した鼻梁《びりょう》に当たった。くらくらする。

「これは面白い。愉快ぞ。和清っ、この趣向は愉快ぞ。天下に泥を塗る者は顔に餡こを塗られて死ぬ。庭真院、そちも鼻を狙え」

大御所が袂を抑えながら、脇に置いた桶から牡丹餅を取り出し、尼僧に渡している。

「お美代の方なんて死んでしまえっ。ええい、お以登の方なんてなにさっ。大奥なんて潰れちまえばいいっ」

尼僧はとんでもなく膂力《りょりょく》があった。やけくそになっているようだ。びしっ、びしっと顔のど真ん中に向けて放ってくる。痛い。ひどい。

その後も草大福やみたらし団子までぶつけられた。

まさに嬲者《なぶりもの》にされた。徐々に鼻や口が塞がれる。息苦しくなってきた。

さんざん賄賂に毒饅頭を配った挙句に、饅頭で殺されるとは。

「うっ」

のどに詰まった。

手足を動かそうにも、餡こに埋まってどうにもならない。武士の面目を丸潰しにする最低の仕置きではないか。そうか、それが狙いであったか。黒岩は息絶えた。

【幕】

一〇〇字書評

活殺

切り取り線

購買動機（新聞、雑誌名を記入するか、あるいは○をつけてください）

□（　　　　　　　　　　　　）の広告を見て
□（　　　　　　　　　　　　）の書評を見て
□ 知人のすすめで　　□ タイトルに惹かれて
□ カバーが良かったから　　□ 内容が面白そうだから
□ 好きな作家だから　　□ 好きな分野の本だから

・最近、最も感銘を受けた作品名をお書き下さい

・あなたのお好きな作家名をお書き下さい

・その他、ご要望がありましたらお書き下さい

住所	〒				
氏名		職業		年齢	
Eメール	※携帯には配信できません		新刊情報等のメール配信を 希望する・しない		

この本の感想を、編集部までお寄せいただけたらありがたく存じます。今後の企画の参考にさせていただきます。Eメールでも結構です。

いただいた「一〇〇字書評」は、新聞・雑誌等に紹介させていただくことがあります。その場合はお礼として特製図書カードを差し上げます。

前ページの原稿用紙に書評をお書きの上、切り取り、左記までお送り下さい。宛先の住所は不要です。

なお、ご記入いただいたお名前、ご住所等は、書評紹介の事前了解、謝礼のお届けのためだけに利用し、そのほかの目的のために利用することはありません。

〒一〇一－八七〇一
祥伝社文庫編集長　清水寿明
電話　〇三（三二六五）二〇八〇

祥伝社ホームページの「ブックレビュー」からも、書き込めます。
www.shodensha.co.jp/bookreview

祥伝社文庫

活殺《かつさつ》　御《お》裏番《うらばん》闇《やみ》裁《さば》き

令和 6 年 7 月 20 日　初版第 1 刷発行

著　者　喜多川《きたがわ》 侑《ゆう》

発行者　辻　浩明

発行所　祥伝社《しょうでんしゃ》
東京都千代田区神田神保町 3-3
〒101-8701
電話　03（3265）2081（販売部）
電話　03（3265）2080（編集部）
電話　03（3265）3622（業務部）
www.shodensha.co.jp
印刷所　萩原印刷
製本所　積信堂
カバーフォーマットデザイン　中原達治

 ISBN978-4-396-35067-3 C0193

祥伝社文庫の好評既刊

岡本さとる
それからの四十七士
〝火の子〟と恐れられた新井白石と、〝眠牛〟と謗られた大石内蔵助。命運を握るは死をも厭わぬ男の中の漢たち。

岡本さとる
取次屋栄三《えいざ》 新装版
武士と町人のいざこざを、知恵と腕力で丸く収める秋月栄三郎。痛快かつ滋味溢れる傑作時代小説シリーズ。

岡本さとる
がんこ煙管《ぎせる》 取次屋栄三《えいざ》② 新装版
廃業した頑固者の名煙管師に、もう一度煙管を作らせたい。廃業の理由は娘夫婦との確執だと知った栄三郎は……。

岡本さとる
若の恋 取次屋栄三《えいざ》③ 新装版
分家の若様が茶屋娘に惚れたという。心優しい町娘にすっかり魅了された栄三郎は、若様と娘の恋を取り次ぐ。

岡本さとる
千の倉より 取次屋栄三《えいざ》④ 新装版
手習い道場の外に講話を覗く少年の姿が。栄三郎が後を尾けると……。千に一つの縁を取り持つ、人情溢れる物語。

岡本さとる
茶漬け一膳 取次屋栄三《えいざ》⑤ 新装版
人の縁は、思わぬところで繋がっている。別れ別れになった夫婦とその倅、家族三人を取り持つ栄三の秘策とは？

〈祥伝社文庫　今月の新刊〉